D0778251

Een leeg huis

Marga Minco

EEN LEEG HUIS

Roman

1978
Uitgeverij Bert Bakker
Amsterdam

© 1966 Marga Minco | Amsterdam
Zesde herziene druk | 51ste t/m 60ste duizendtal

Druk Van Boekhoven-Bosch bv | Utrecht
Boekverzorging Rudo Hartman | Den Haag
Foto achterkant omslag Steye Raviez | Amsterdam
ISBN 90 6019 568 x

Das Haus ansehn. Es ist still, niemand
geht ein und aus, man wartet ein wenig,
auf der Haus-Seite, dann auf der Seite
gegenüber, nichts, solche Häuser sind so
viel weiser als die Menschen, die sie anstarren.

Kafka

Donderdag 28 juni 1945

'Ik ga vandaag terug', zei ik tegen de vrouw in de keuken. Ze stond bij het aanrecht, er kwam damp van haar handen.

'Vandaag?' Ze draaide zich om. 'Waarom vandaag? Je zou toch pas morgen gaan?'

'Ik kan net zo goed vandaag gaan. Het is mooi weer. Morgen kan het wel regenen.'

'Het regent niet morgen, het weer blijft goed, het wordt heel warm, let maar 'ns op. Hoe wou je eigenlijk teruggaan?'

Ik ging aan de keukentafel zitten waarop het ontbijt voor me klaarstond en begon een boterham te smeren.

'Ik ga liften.'

'Liften? Met die koffer?'

'Die is niet zwaar.'

'Waarom wacht je niet tot morgen? Dan kan je met de vrachtrijder mee tot Amsterdam. Je weet dat hij er morgen naar toe gaat. Dat is toch veel makkelijker. Dan hoef je niet uren langs de weg staan wachten tot je een lift krijgt.'

'De automobilisten zijn verplicht lifters mee te nemen. Het stond in de krant.'

'Er rijden nog bijna geen auto's. En wat maakt 't nou uit, die ene dag dat je er eerder bent?' Ze schudde haar hoofd.

'Eigenlijk niets.'

De vrouw droogde haar handen af en schonk koffie

voor me in.
Natuurlijk maakte het niets uit. Maar het was ineens
bij me opgekomen niet te wachten tot de volgende
dag. Ik was heel vroeg wakker geworden. De zon
scheen door het raam – ik liet altijd het gordijn open,
ik kon niet slapen in een kamer die volslagen donker
was – toen ik uit bed stapte, op de liggende muur.
Lichtbruine kegels en donkerbruine kubussen met
beige dwarsstrepen op een zwarte ondergrond. Vier
weken lang had ik er iedere morgen naar gekeken,
de figuren laten verspringen van boven naar beneden
en weer terug en diagonaal, tot de hele vloer begon
te golven. De kubus kon ik met mijn voet bedek-
ken, de kegel niet. Mijn tenen staken er overheen. Ik
liep naar het raam, haalde de hor weg, schoof het
raam verder omhoog en zette het met de pin vast. De
ochtenddamp stroomde naar binnen, een lucht van
nat gras, dieren en mest. Ik hoorde de man met de
ratel. In het begin was ik daar erg van geschrokken.
Het bleek de vuilnisman te zijn. Je hoorde hem
straten ver aankomen. Ik raakte er aan gewend. Met
die andere ratel was me dat nooit gelukt.
– Ik lig wakker en luister tot het begint.
'Je moet er niet zo op letten', zegt Mark, 'ik hoor het
allang niet meer.' Maar het is elke nacht hetzelfde.
Tussen de gesloopte huizen wemelt het van de ratten. Ze komen op de Zuiderkerk af, die dienst doet
als lijkenhuis. De bewakers proberen ze met ratels te
verjagen.
Op een middag loop ik door de Zandstraat terwijl de
kerkdeuren openstaan. De lijken liggen in rijen op de
granieten vloer, de voeten ver uit elkaar, klomp-
achtig gezwollen. Sommige zijn in pyjama, andere
bedekt met lompen of kranten. Twee mannen du-

wen een handkar naar binnen, er liggen langwerpige papieren zakken op met labels er aan. 'Weer vijf dooien', zegt een oude man naast me. Hij heeft glazige ogen en oren die uitstaan als kleine gekreukte vleugels. Ik begin de ratel ook overdag te horen, als hij zwijgt. –

'We hebben er allemaal op gerekend dat het vandaag je laatste dag bij ons is. Ik wou nog een koek bakken en heit brengt vanavond jonge haantjes mee. De kinderen zijn al de deur uit. Die kan je dan ook niet goeiendag zeggen.'

Ik zei dat ik het erg jammer vond dat ik van de anderen geen afscheid kon nemen. Maar ik moest toch een keer terug. En zij was een dag eerder van de last af, moest ze maar denken. Ik legde een plak ontbijtspek op een boterham, sneed hem in vieren en stak een stuk in mijn mond. Ik kauwde langzaam.

– We nemen ons voor later iedere dag bij het ontbijt spek te eten, mooi doorregen spek. Ik bak op het noodkacheltje aardappels met uien in ranzig vet, dat een vriend – Simon, een roodharige jongen, die kort voor de bevrijding zelfmoord zal plegen op een zolderkamer aan de Nassaukade – meegepikt heeft van het laboratorium waar hij werkt. Hij weigert te vertellen wat voor soort vet het is.

'Heb je niks anders voor het ontbijt?' vraagt Mark. 'Dit stinkt 't huis uit.'

'De aardappels zijn goed en het vet is uitgezuiverd, zegt Simon.'

'Nou een vers kadetje met dik roomboter en kaas.' Hij prikt een zwart aangebakken aardappel aan zijn vork en houdt hem omhoog.

'Waar ontbeet jij vroeger mee?'

'Gebakken eieren.'

'Eén ei?'

'Meestal twee, met ham eronder.'

'Wij aten nooit ham. Ik moest pap eten van mijn moeder, ik was een min kind. Wat heb ik er de pest aan gehad. Nu zou ik er best zin in hebben.'

'Weet je wat lekker is? Met een klontje boter, en veel suiker, van die lichtbruine basterd.'

'Ik heb eens naar een man zitten kijken die een bord pap at. Toen leek het me pas lekker.'

'Wie was dat?'

'Een zakenrelatie van mijn vader. Mijn vader had wat met hem te bespreken en ik ging mee. Die man zat net een bord pap te eten. Zijn vrouw zei dat we maar bij hem aan tafel moesten gaan zitten. Ze stond achter de stoel van haar man te wachten tot hij zijn bord leeg had. Mijn vader stak een sigaar op en begon een gesprek over de sterkte van het engelse leger na de terugtocht bij Duinkerken. Ik keek naar de man. Hij liet mijn vader praten, knikte af en toe of zei 'oem, oem' en at onverstoorbaar door. Hij deed het vakkundig alsof hij er lang op geoefend had. Zo eet je een bord pap, dacht ik, zoals die man. Hij was aan de rand begonnen en lepelde telkens wat meer naar het midden toe waar de pap, dikker geworden, als een gelatinepudding bleef staan. Dat laatste rondje deelde hij zorgvuldig in tweeën voor hij het at. Daarop hield hij het bord schuin naar zich toe en ging het nog eens helemaal rond, weer van de rand naar het midden. Het leverde hem nog een halve lepel op. Hierna veegde hij met zijn servet zijn mond af, ging staan en schudde mijn vader de hand.'

'Dat moet lekkere pap zijn geweest.'

'Het was gewoon havermout.' –

'Je ziet er in ieder geval best uit,' zei de vrouw. 'Als ik

er aan denk hoe je hier een maand geleden binnenkwam, met je smalle witte gezicht – dat is nogal een
verschil.'
'Ja, ik ben hier helemaal bijgekomen.'
'Dat is iets wat zeker is.' Ik legde het mes op mijn
bord en schoof het van me af. 'Ik heb mijn koffer al
gepakt, ik wou 'n beetje bijtijds weggaan.'
'Je moet 't zelf weten, Sepha.' Ze ging met haar pols
over haar voorhoofd om een lok weg te strijken. Sop-
spatten vielen op haar schort. 'Heb je heimwee?'
'Ach nee, maar ik woon nu eenmaal in Amsterdam.'
Ze liet koud water in de emmer stromen en spoelde
er een handdoek in uit. Even was er alleen het geluid
van water. Ze wrong en ze trok aan de handdoek.
Haar handen werden nog roder. 'Ze zullen je niet
meer herkennen in Amsterdam.'
Ik schonk mezelf nog wat koffie in terwijl de vrouw
doorpraatte over mijn magerte en mijn ingevallen
wangen en mijn gebrek aan eetlust. De eerste week
had ik haar nauwelijks kunnen volgen. Het irriteerde
me. Het was of ze met opzet letters inslikte en woorden verkeerd uitsprak. Nu klonk haar tongval ver-
trouwd, maar ik luisterde maar half naar haar. Ik
zou vanavond thuis kunnen zijn, misschien vanmiddag al, wanneer ik geluk had. Ineens had ik haast om
uit de keuken te komen. Ik haalde mijn koffer van
boven en toen ik weer beneden kwam was de vrouw
boterhammen voor me aan het klaarmaken. Ze
drukte ze stevig op elkaar en deed ze in een zak.

Nog geen vijf minuten stond ik voor het huis toen er
een paard-en-wagen aankwam. De groenteboer be-
duidde me dat ik in kon stappen. De vrouw wuifde
me na. Ze had me op het laatste moment ook nog een

13

zak appels gegeven. Ik zwaaide uitbundig. Ik had haar beloofd te zullen schrijven en terug te komen zodra de treinen weer reden. Ik zou haar laten weten wanneer we gingen trouwen. Dit is Mark. We komen maar even langs. Koffiedrinken in de keuken aan de geschuurde tafel, er op trommelen met je vingers, koekkruimels platdrukken, naar woorden zoeken die je af en toe herhalen kunt, naar buiten kijken en weer opstaan. Verontschuldigend lachen. We moeten echt weer verder. Arme heit, loopt hij opnieuw een afscheid mis. Daarginds lag ik in het gras en achter deze struiken kleedde ik me uit om te gaan zwemmen als er niemand in de buurt was. Naakt ja, ik had toch nog geen badpak. Laten we een zeilboot huren. Maar wie zegt dat Mark kan zeilen, of zwemmen? Heeft hij aan sport gedaan?

Hij kan op de duur erg goed hout zagen, sneller dan de anderen, hij is er bezeten van, maakt houtvoorraden voor weken, blokken stapelen zich op, trapleuningen, kastplanken en vloerdelen verdwijnen, het huis ruikt naar een houtzagerij. Hij krijgt eelt in zijn handen. Het eerst voel ik het op mijn rug, hard en schraperig. Hij laat het me overal voelen en het geeft me een nieuwe gewaarwording, of ik een andere minnaar heb, die anders met me omspringt, ruwer. Hoe zal het zijn als ik terug ben? Wat zou hij gedaan hebben in die tijd? Na een maand van hem weg te zijn geweest kwam het me voor dat ik eigenlijk weinig van hem wist. Ik schoof de gedachte van me af terwijl ik achter in de kar tussen de kisten groente en fruit langzaam over de weg reed. Het paard liep met regelmatig geklos, de wielen ratelden, de man op de bok zweeg. Hij had alleen gezegd dat hij niet verder dan Sneek ging.

Het moest even over half acht zijn, maar de zon had al kracht. De damp boven de weilanden trok op. De vrouw kreeg gelijk, het zou heel warm worden. De lucht was vol geuren van water en bermkruid. Uitkijkend over de klinkerweg zag ik opeens de dag voor me liggen als een eindeloos lint vol kronkels en knopen: ritten in open wagens, in gammele personenauto's, met nieuwsgierige of handtastelijke chauffeurs, in jeeps en trucks; mee moeten langs allerlei omwegen, uren wachten in de hitte langs de kant van de weg. Maar ik zou steeds dichter bij huis komen.

We reden nu langs loodsen en botenhuizen. In de verte zag ik al een paar zeilen op het meer. De groenteboer hield stil bij een kruispunt. Er stond een legertruck waar een troep Canadezen instapte. Ze keken naar me toen ik van de kar sprong. Een van hen kreeg mijn koffer in het oog en kwam aanhollen om me te helpen. Ik vroeg of ze soms de kant van Zwolle opgingen. Hij schudde zijn hoofd.

'We're going to Leeuwarden. Why not come along with us?'

Hij bleef met mijn koffer in de ene hand staan en pakte met de andere mijn hand. Hij was klein, niet veel langer dan ik. Zijn kakihemd stond van boven open, zijn hals was bruin. Zijn gezicht, met sproeten om de korte neus en hoog opgetrokken wenkbrauwen boven ronde ogen, deed me aan een kindertekening denken. Ik moest lachen en ik kreeg een ander gevoel dan die eerste dag op de Dam. De beklemming was weg, alsof ik op een nieuwe manier leerde ademhalen.

We komen uit de Damstraat en stuiten op een krioelende menigte die zich in de richting van het Paleis beweegt. Mark vindt dat we maar moeten blijven waar me zijn, op de hoek van de Vijgendam. Maar ik trek hem mee.

'Ik wil ze van dichtbij zien.'

'Je komt er nooit doorheen.'

'Ik moet ze zien, begrijp het toch.'

'Je zult ze heus nog wel te zien krijgen.'

'Maar nu, op dit moment.'

'Sepha, wacht toch even.'

'Nee.'

Hij laat me los en ik werk me naar voren, ik wring me tussen de mensen door, ik gebruik mijn ellebogen en mijn knieën. Mark raakt achter. Even later ben ik hem kwijt. Iemand slaat me op mijn rug.

'Daar zijn ze!' roept een jongen. Hij heeft een wit gezicht en holle ogen. Op zijn voorhoofd en zijn kin zitten rode zweren. Ik ruik het zweet, de benauwde lucht van ongewassen kleren. Ik schuur langs de vale jassen, de uitgezakte truien, de verschoten vesten. Ik duik met mijn hoofd omlaag tussen twee wiegende lichamen door, onder armen die elkaar niet los willen laten. Soms heb ik het gevoel dat ik gejonast word. Soms lijkt het of ik hard loop zonder vooruit te komen, of de grond onder mijn voeten wegschuift, zoals in mijn droom. Een keer struikel ik over een paar stokmagere benen in afzakkende sokken. De voeten steken in een soort muilen van papiertouw. Het is een meisje van een jaar of twaalf. Ze merkt het niet. Op dat ogenblik breekt er boven mijn hoofd een storm los. Iedereen komt in beweging, lichamen rekken zich uit, beklimmen elkaar, armen worden omhoog gestoken, alles deint en schreeuwt. Ik richt me op. Ik ben bijna vooraan. Ik zie een platte, vierkante auto. Er zitten soldaten in met bezwete gezichten onder brons-groene pothelmen. Een van hen houdt een bosje bloemen voor zich uit. Meisjes slaan hun armen om hem heen, zoenen hem, wuiven naar de menigte. Daarachter komen nog meer van deze platte, open wagentjes, en daarachter tanks, bewegende bergen van mensen, bekroond door officieren die tot aan hun middel uit de koepels steken, twee kleine zwarte schijven aan weerszijden van hun keel, de armen zijwaarts gestrekt als verkeersagenten. Jongens zitten schrijlings op de lange kanonnen. Achter de opgeslagen pantserluiken is soms het gezicht van een soldaat te zien, zwart en glimmend alsof het geolied is. De kleine wagens en de tanks zijn nu geheel ingesloten door de massa. Ik kan niet meer voor- of achteruit. Mijn handen zijn klam. In mijn achterhoofd bonst het. Ik wil meedoen. Ik wil roepen, zwaaien, handen drukken. Maar ik kan alleen maar kijken. En het is of ik iets zie dat niet bestemd is voor mijn ogen. Ik voel geen vreugde.

De Canadees lachte. Hij stond vlak voor me. Ik zag de blonde haartjes in zijn hals, het kuiltje boven zijn borstbeen. Ik zei dat ik niet mee kon naar Leeuwarden en dat ik het jammer vond dat ik een andere kant uit moest. Hij liet mijn hand los, zette mijn koffer neer en haalde een paar repen chocola uit zijn borstzak.
'Take this. My name is Roy.'
Ik bedankte hem. Hij pakte opnieuw mijn hand.
'What's your name?'
'Sepha.'
'You don't change your mind, Sepha?' Hij boog zich naar voren. Zijn pupillen gingen heen en weer alsof

ze iets volgden dat om mij heen cirkelde.

'I'm sorry, but I can't. I'm on my way to Amsterdam.'

'Come along with us. We'll take you to Amsterdam to-morrow.' Hij legde zijn hand op mijn schouder. Ik voelde zijn vingers in mijn nek bewegen.

'That's impossible. I'm expected tot come home to-day.'

De anderen riepen dat hij op moest schieten.

'Well then... good luck, Sepha, good luck.' Even kwam hij met zijn gezicht dichter bij het mijne.

'Good luck, Roy.'

Hij liet me los. Ik deed de repen in mijn schoudertas en nam mijn koffer op. De groentekar had ik de richting van de stad in zien slaan. Achter me startte de legertruck. De soldaten zongen. Roy zwaaide en riep iets dat ik niet verstond. Door witte stofwolken omgeven verdween de wagen om de bocht.

De weg die voor me lag was smal. De bomen erlangs stonden op hoge grasbermen. Ik zette mijn koffer onder een boom en ging er naast zitten. Ik had weinig zin om er mee te lopen, hoewel hij niet zwaar was. Veel tijd om te pakken had ik nooit gehad. Door de haast bij ieder vertrek van een onderduikadres had ik telkens wat achtergelaten. Het was een gemak bij een ongemak geweest.

Ik merkte pas dat ik een lift kon krijgen toen er een auto vlak voor me stopte. Een man boog zich uit het raampje en vroeg waar ik naar toe moest.

'Naar Amsterdam.'

'Zet die koffer maar achterin.' Hij had een bestelwagentje dat op houtgas reed.

'Zo, zo', zei hij toen ik naast hem zat, 'naar Amsterdam. Da's nog 'n aardig eindje.' Hij was een kleine, schrale man met een glimmend zwart pak aan dat ik de boeren uit die streek vaak op zondag had zien dragen.

'Zo ver gaat u niet?'

'Ik moet in Heerenveen zijn. Dan ben je in ieder geval weer wat verder.'

'Wilt u een stuk chocola?' Ik haalde een reep uit mijn tas en brak hem in tweeën.

'Chocola!' Hij riep het op een langgerekte toon. 'Doe 't papier d'r maar af.' Hij klakte met zijn tong en stak de halve reep ogenblikkelijk in zijn mond. Even kon hij niets zeggen, maar zijn tong en kiezen werkten snel, hij smakte. 'Tjokleet, hè? De Canadezen. Ja, ja, die maken wat klaar.' Hij draaide zijn gezicht half naar mij toe, een mager, geelachtig gezicht met baardstoppels. 'Lekkere chocola.' Hij smakte nog eens en begon te fluiten, met vette lippen.

Hij had veel weg van mijn oom Max uit Assen, bij wie ik voor de oorlog vaak de zomervakanties doorbracht en met wie ik dan mee de boer op mocht, in zijn oude T-Ford. Achterin liggen de balen stof. Als we in de buurt van een boerderij komen stopt hij, neemt een van de balen over zijn schouder en loopt er mee het erf op. Het duurt dikwijls lang voor hij terugkomt. Al die tijd blijf ik in de auto zitten wachten. Ik hoor vaag geluiden van emmers die worden neergezet, het knarsen van een pomp, kippen. Onverwacht duikt mijn oom tussen de bomen op, als een dwerg, als een gebochelde, grimassend en roepend. Hij gooit een paar appels in mijn schoot en een handvol noten. Hortend en schokkend rijden we verder, mijn oom schaterlachend om de boeren, die de halve baal hebben gekocht. 'En wat denk je dat ze er mee doen', zegt hij, 'ze leggen het weg, ze leggen het allemaal weg.' Soms fluit hij, soms zegt hij wegenlang niets. Mijn handen doen pijn van het noten kraken. Op een keer roept hij ineens 'joden', met een lange o-klank. Hij slaat zich op de dij van plezier en herhaalt het een paar maal. 'Straks gaan we naar je tante', zegt hij, als we Assen beginnen te naderen. 'Denk er om, we zijn alleen bij de boeren geweest!' Hij geeft me nog een handvol noten. 'Je tante', zegt hij langzaam. Hij kijkt nu ernstig. Zijn bol, rood gezicht hangt boven het stuur, zijn onderlip steekt ver naar voren. 'Je tante!' Hij roept het driftig, alsof hij zichzelf op zit te draaien. Voor het eerste het beste café houdt hij stil. 'Wacht even', zegt hij, 'ik ben zo terug.' Na het bezoek trapt hij feller op het gaspedaal, zijn ogen schitteren en hij roept weer 'Je tante !' Na vier, vijf cafés te hebben aangedaan, beukt hij met zijn vuist op het stuur en zingt boven het geraas van de motor uit: 'Word nooit verliefd, want dan ben je verlohoren, je zit er in tot allebei je ohoren...' Wanneer hij een bocht neemt moet ik me aan mijn stoel vasthouden. De notedoppen rollen van mijn schoot.

'Ga je naar familie?'
'Ik ga naar huis.'
'O, woon je in Amsterdam?'
'Ja.'
'Nou, daar is wel het een en ander gebeurd zo.'
'Ja.'
'Je hebt 't zeker wel gezien allemaal?'
'Wat?'
'Die ellende daar.'
'Ja.'
'Je had beter hier kunnen zitten. 't Is hier 'n goed

land. Wij zijn niks te kort gekomen.'
'Dat heb ik gemerkt.'
'Met vakantie geweest? Je krijgt er nou weer aardigheid in.'
Ik zei dat ik ergens gelogeerd had. Op het woord vakantie zou ik nooit gekomen zijn. 'Je moet er eens uit,' had Mark gezegd, 'je moet naar buiten.' En een vriend uit de illegaliteit kende mensen in Friesland, die me wel een paar weken wilden hebben. Hij moest er toch heen, ik kon met hem mee in de jeep waar hij kort na de bevrijding al in rondreed. Ik was al zo vaak van het ene adres naar het andere gebracht, dat het ook nu vanzelf sprak dat ik meeging.
'Zit er familie van je in Friesland?'
'Niet in Friesland. Kijk eens, een jeep met Amerikanen!' Ik draaide het raampje naar beneden en zwaaide.
''t Zijn Engelsen, je ziet 't aan de helmen.' Hij stak zijn arm naar buiten en maakte het V-teken. Even later haalde hij een mapje uit zijn binnenzak. 'Doe maar open.' Hij gooide het mapje op mijn schoot. Er zat een foto in van een groep mensen. 'Dat zijn wij, dat is mijn gezin.'
Vooraan zat een scheel jongetje, met één knie op de grond. De meisjes hadden licht ponyhaar, de jongens grote oren en grote handen. De moeder, een omvangrijke vrouw in een gebloemde jurk, zat in het midden. Ze keek of ze net iets bitters gegeten had. De vader stond achter haar, één hand op de leuning van haar stoel, de andere stijf langs het lichaam. Ze waren met zijn twaalven.
'Dat zijn er nogal wat.'
'En allemaal kerngezond. Ziekte is er bij ons niet bij.'

Ik knikte en gaf hem de foto terug.

We zijn met vakantie aan zee, in het huis dat mijn ouders al jaren achtereen huren. De eigenaar is strandfotograaf, een grote, schonkige man in Schillerhemd, die altijd twee fototoestellen op de borst heeft hangen. Tijdens het seizoen bewoont hij met zijn vrouw een verbouwd kippenhok achter in de tuin, waar ik haar 's morgens vroeg bezig hoor, terwijl ze zeer luid zingt: '...don't know why, there's no summer in the sky, stormy weather...' De rest van de woorden kent ze niet. Ze neuriet het liedje uit en begint opnieuw. Mijn vader is duidelijk gecharmeerd van haar. Ze draagt laag uitgesneden jurken, heeft stevige borsten en ronde heupen. Hij noemt haar 'een flinke vrouw'.

Aan het eind van onze laatste vakantie maakt de fotograaf een groepsfoto van ons in de voortuin. We staan met zijn vieren voor de erker. 'Jullie moeten wat vrolijker kijken', zegt hij tegen mijn zuster en mij, 'wat is dát nou.' Er is die dag een jongen verdronken die wij goed kenden. Een paar avonden tevoren hebben we nog een strandwandeling met hem gemaakt. Het is een warme dag geweest en de zee licht. Ook onder onze voeten vonkt het. We zijn met een grote groep, de jongen en ik lopen in de achterhoede, langzaam, elkaar bij de hand houdend. Af en toe blijft hij staan, slaat zijn armen om me heen en zoent me op mijn mond. Later hoor ik van mijn zuster dat hij haar ook gezoend heeft. Het was een jongen met bruin krulhaar en iets vooruitstekende tanden. Elke keer als we in het album de vakantiefoto terugzien, moeten we aan hem denken.

'Het is een aardige herinnering voor later.'

'Zeker', zei de man, 'zeker.' Hij stak het mapje in zijn

binnenzak en bleef met één hand sturen. 'Je hebt geboft dat we zo gauw in Heerenveen zijn. Meestal heb ik pech met dat rotding.' Hij wees met zijn duim naar de generator. Met een handdruk nam hij afscheid en wenste me het beste, alsof hij me al jaren kende. Als hij de hoek om was zou ik hem al vergeten zijn. Maar de foto zou ik voor me zien: de bittere moeder, de plechtig kijkende vader en de tien kerngezonde kinderen. Een compleet gezin.

Mijn volgende lift kreeg ik van de chauffeur van een veeauto die naar Steenwijk moest. Hij droeg een blauwe overall met mestvlekken, en hij was zwijgzaam, op het stugge af. 'Naar Amsterdam? Da's niet bij de deur', was het enige wat hij zei. In de cabine hing een zware koeielucht. Achter het beschot hoorde ik de dieren stommelen. Ik leunde achterover. Mijn hoofd schokte mee met elke oneffenheid van de weg. Nu en dan zag ik tussen de bomen door kazematten liggen. Uit sommige schietgaten staken bebladerde takken, alsof er binnenin een boom gegroeid was.

Ik weet niet dat we naar Amsterdam gaan. Het is laat en ik lig al in de bedstee als de boerin me komt roepen. 'Sepha, gauw, er is iemand voor je. Je moet hier weg!' Ik schiet in mijn kleren, pak mijn koffer en gooi de spullen er in die ik op een plank boven het bed heb gelegd. Het zijn routinehandelingen. Bij de buitendeur staat een man. In het halfdonker kan ik zijn gezicht moeilijk onderscheiden. Ik zie alleen dat hij een hoed op heeft en dat hij vrij groot is. Hij vult bijna het hele gangetje. De boerin knijpt me onder het weggaan in mijn hand.

'Die koffer neem ik wel', zegt de man als ik op het

stikdonkere erf sta. 'Geef me maar een arm.' Zijn stem klinkt jong. De mouw van zijn overjas voelt wollig aan. We lopen de weg op en ik voel de wind door mijn regenmantel. Ik heb het nog nooit zo koud gehad. De zijweg die we na een paar minuten inslaan is nog donkerder, door de hoge bomen aan weerskanten. We komen niemand tegen. Er is alleen het geluid van onze voetstappen op de steenslag. Ik voel hoe het in mijn slapen begint te kloppen, in mijn hals, mijn borst. De man zegt niets. We lopen zwijgend, gearmd naar iets dat aan de rechterkant van de weg staat. Het is een auto. Ik hoor mijn begeleider fluisteren, ik moet niet schrikken, ik ben in goede handen. Het dringt niet tot me door. Misschien lig ik nog in de bedstee en is dit de telkens terugkerende droom waarin ik word weggehaald. Ik zie dat het een duitse legerauto is, een DKW, waarvan het achterportier wordt geopend. Ik ben stijf. Alles aan me is verstijfd, mijn benen en mijn armen zijn gevoelloos, mijn mond is zo droog dat ik moeite heb om te slikken. Ik word zacht naar binnen geduwd en mijn begeleider komt naast me op de achterbank zitten. Hij zegt iets tegen me. Ik hoor het niet. Ik weet nu dat het zo gebeurt. Zo is het met de anderen ook gegaan. Zo heb ik het al maanden voor me gezien. Onverwacht word ik weggeleid, vanzelfsprekend en onontkoombaar. Voorin zitten twee mannen met Wehrmachtsuniformen aan. De man naast de chauffeur draait zich om en vraagt hoe ik me voel. Hij draagt een bril die even glinstert als hij een sigaret opsteekt. Of ik ook wil roken? De bestuurder zegt dat hij voor zich moet kijken en zijn mond houden. 'Je maakt haar bang.' Ze grinniken. Mijn begeleider buigt zich naar me toe en legt zijn hand op mijn arm.

'Ik breng je naar een goed adres.'

'Waarom?'

'Het was daar niet veilig meer. Je gaat nu ergens anders heen.'

'Waarheen?'

'Je hoeft niet bang te zijn. Ben je altijd zo?'

'Nee.'

'Je moet me vertrouwen.'

'Ik ken je niet.'

'Wie kent wie?'

'En die daar?' Ik wijs naar de twee mannen voorin.

'Dat is in orde. Prima jongens.'

We rijden op de grote weg, waar het lichter is. De maan komt af en toe door, de blauwe koplampen van tegenliggers schieten voorbij, flauwe lichtstrepen uit ramen die niet goed verduisterd zijn. Ik zie zijn gezicht. Hij heeft zijn hoed afgezet. Zijn haar is strak naar achteren gekamd en glimt. Zijn wenkbrauwen komen dicht bij elkaar. Hij heeft een scherpe neus, hoekige kaken en een brede donkere snor. Een gezicht vol rechte lijnen. Als hij merkt dat ik naar hem kijk, drukt hij zijn hand steviger op mijn arm, glimlacht en zegt dat hij Karel heet, dat ik hem zo noemen moet. En nog eens, dat het goed is. De wind giert om de auto en rukt aan de linnen kap. Ik voel hem door het portier heen, ik heb het nog steeds koud. De man met de bril kijkt een paar keer om naar een wagen die achter ons rijdt en ons pas na een minuut of vier passeert. 'Feldgendarmerie', zegt hij. Onze chauffeur mindert vaart. Ik let op zijn hoofd, dat nu meer naar voren gaat, op de gespannen lijn van zijn nek. De anderen zitten in dezelfde houding. 'Niks aan de hand', zegt Karel. Maar dan zijn we al kilometers verder.

In een straat in Amsterdam worden we afgezet. Ik herken de buurt, het is vlak bij de Nieuwmarkt. We lopen langs de dichtgetimmerde etalages van de winkels in de St. Antoniesbreestraat. Voor een huis aan de Kloveniersburgwal blijven we staan. 'We zijn er', zegt hij. Ik kijk naar een schuit die voor de deur ligt. Aan dek staat een damesfiets. We klimmen drie steile trappen op en komen in een lange, schaars verlichte kamer, een soort atelier. In het midden staat een ronde tafel waar een paar jonge mannen omheen zitten. Ik voel dat ze me nauwkeurig bekijken. Een van hen, een jongen in een zwarte trui, komt naar ons toe. Hij heeft dezelfde snor als Karel, maar lichter van kleur. Zijn gezicht is mager, met plooien langs zijn mond. Zijn lang sluik haar hangt met een lok over zijn voorhoofd.

'Ik ben Mark. Je valt hier met je neus in de boter. Het zijn allemaal onderduikers.'

'Zitten die allemaal hier?'

'Gedeeltelijk. Er zitten er een paar boven en de rest in het huis hiernaast.' Hij zet mijn koffer, die Karel bij de deur heeft laten staan, een eind verder de kamer in. 'Wil je een borrel?'

'Ik weet niet...'

'Ik zou 't maar doen.'

'Ja, geef haar een borrel', zegt Karel, 'een dubbele. Ze is er nog steeds niet zeker van dat ze in goede handen is.'

'Sinds ik jullie naar die andere auto heb zien kijken, wel.'

Mark loopt naar de tafel om in te schenken. Hij heeft een lange rug, geaccentueerd door de trui die ver over zijn heupen valt. Zijn broek ziet er oud uit, vol vlekken. Ik ga op een divan zitten die tegen de muur staat. Hij kraakt, ik voel de veren er doorheen steken.

'Was het per se nodig om me met een duitse auto te komen halen?' vraag ik aan Karel.

'Nodig was 't niet. Maar de jongens hadden toevallig in die buurt een karwei te doen. Ze zeiden: als het een aardig kind is, mag ze meerijden.' Hij lacht en heft het glas dat Mark hem gegeven heeft. 'Proost.'

'Ik vind 't nogal een risico.'

'Na spertijd? Ben je gek.'

'Hebben ze je bang gemaakt, de rotstralen?'

'Zie ik er soms uit als een SD'er?'

'Der Juden-Karl!'

'Je kan er zó voor op.'

'Zu Befehl, Herr Sturmbannführer.'

Ze lachen en ik lach mee, ik wil me niet laten kennen, niet laten merken dat ik me in hun gezelschap weinig op mijn gemak voel. Ik heb tot dusver alleen bij boeren gezeten, op afgelegen plaatsen, bij mensen van weinig woorden. Ik moet wennen aan de ironie, de cynische grappen, aan de snelle overgangen in het gesprek. 'Kom hier zitten.' Ze hebben aan tafel een stoel voor me bijgeschoven. Het licht komt van fietslampjes die verbonden zijn met een accu. De jenever, die ze zelf stoken vertelt Mark, drinken ze uit bekers en mosterdglaasjes. Mij hebben ze een echt borrelglas gegeven, misschien het enige dat in huis is. Op een krant ligt een hoop donkerbruine shag, waar ze om beurten van draaien. De drank heeft een medicijnsmaak, maar hij maakt warm. Ik laat me nog eens inschenken. 'Je kunt er blind van worden', zegt de man die naast me zit. Hij is ouder dan de anderen. Ze noemen hem Eetje. Zijn haar is blauwzwart en zijn gezicht getaand. Ook zijn handen hebben die kleur, alsof hij lang in de tropen heeft gewoond. 'En hij kan 't weten, hij is onze dokter', zegt Karel. 'Van hem krijgen we de recepten voor de alcohol.'

Om een uur of twee stapt iedereen op. Karel is de enige die de straat op gaat. Hij zal me morgen een bonkaart brengen. Een paar klimmen aan de achterkant uit het raam en dalen een brandladder af. De rest verdwijnt naar de bovenverdieping. Alleen Mark blijft. Hij brengt me naar een vertrekje met kartonnen wanden, dat van het grote atelier is afgeschoten. Er staan een bed en een stoel waarop ik mijn koffer terugvind.

'Gaat 't zo, denk je?' Hij houdt een olielamp omhoog.

'Ja.'

'Als je nog iets nodig hebt...'

'Slapen zal ik hier wel.' Ik kijk naar het brede bed, een ouderwets, eikehouten ledikant met een gestikte deken er op. 'Is het jouw bed?'

'Nee. Het is speciaal voor onze logés. Ik slaap op de divan binnen.'

De lamp bungelt heen en weer en werpt lange schaduwen in het kamertje.

'Waar al die veren doorheen steken?'

'Heb je dat al ontdekt?'

'Ik zat er even op.'

'Je went er aan, ik voel ze niet meer.'

'Wist je dat ik hier zou komen?'

'We verwachtten wel iemand vanavond. We wisten dat Karel iemand moest gaan halen. Maar we dachten dat het een jongen was, een student.'

'O.'

'Ik vind 't niet erg, hoor. Integendeel.'

'Goed, dan neem ik deze kamer. Is het met ontbijt?'

'Met alles wat je wilt.'
'Dat zal ik onthouden.'
We lachen. Hij zet de lamp op de grond, steekt even zijn hand omhoog en laat me alleen. De deuropening is met een gordijn van jute afgesloten. Loom en draaierig kleed ik me uit. Ik blijf liggen luisteren tot ik de veren van de divan hoor kraken.

'Ginder heb je Steenwijk al', zei de chauffeur.
Het viel me mee. Ik had gedacht dat ik niet op zou schieten wanneer ze me telkens maar voor een kort traject meenamen. Misschien was Mark niet eens thuis en stuurde ik zijn plannen in de war. Ik verwachtte je niet vandaag. Geïrriteerd wrijft hij met zijn vingers over zijn voorhoofd, naar zijn haar toe. Het is een vast gebaar. Hij houdt er soms een rode plek van over. Je zou toch pas morgen komen?
– Mijn moeder heeft me een dag eerder dan was afgesproken naar Assen gestuurd. 'Ze zijn toch altijd thuis', zegt ze. Maar de winkel is dicht. Ik ga naar de buren die me vertellen dat ze met zijn allen in de Ford weggereden zijn. Pas tegen de avond komt mijn tante me daar halen. 'Jouw moeder doet ook maar!'
Mijn tante is een bizonder forse vrouw. Alles aan haar is overdadig. Ze heeft een enorme bos kroezend haar, grote handen en voeten en zware borsten. Een groot deel van de dag zit ze op het atelier. Als de tweeling gevoed moet worden veegt ze met een bruusk gebaar alle lapjes, draden en spelden van de werktafel, knoopt haar jurk los, legt de baby's voor zich neer en laat ze gelijktijdig drinken.
Ondertussen geeft ze aanwijzingen aan het meisje achter de naaimachine. Ze spreekt altijd over 'de japon'. De naden van de japon van mevrouw D. moe-

ten nog omgeslingerd worden. Neem je straks de japon van mevrouw H. in?

Oom Max laat zich overdag zelden zien. Een keer verschijnt hij vlak na het voeden. Ik hoor hem in de winkel aankomen. Hij stampt op de houten vloer en gooit met de deuren. Er is altijd rumoer om hem heen, alsof hij de nietigheid van zijn gestalte door zoveel mogelijk krachtsvertoon wil compenseren. Hij smijt een baal stof op tafel en rukt hem open.

'Hier, moet je voelen.'

Mijn tante staat op en neemt de stof tussen vinger en duim. Ze wrijft er over en knikt.

'Is dat stof of niet?' Mijn oom komt naast haar staan. Hij kijkt. Ik voel dat ik een kleur krijg. Hij kijkt met intense gretigheid naar haar borsten, die nog uit haar jurk puilen.

'Ja', zegt mijn tante langzaam, 'ja, dat is stof.'

Het was rond het middaguur dat ik een stuk voorbij Zwolle door een personenauto werd afgezet. Net als op de heenreis was ik geschrokken van het klepperen van de dekplaten op de baileybrug.

Ik liep een eind de weg op. Het was heet. Ik had dorst van de chocola. De appels waren al op. Als ik genoeg geld bij me had gehad, zou ik in Zwolle uitgestapt zijn om ergens wat te gaan drinken. Mark had me beloofd geld op te sturen. Vermoedelijk had hij zelf ook niets. Je kunt binnen enkele dagen iets verwachten, schreef hij in zijn eerste brief, ik krijg een aardig bedrag. Daarna liet hij op een kaart weten dat het wat later zou worden. Maar het komt. Het was niet gekomen.

Ik ging in de berm zitten, in de schaduw van een paar struiken. Ik zou naar een van de boerderijen kunnen gaan om te drinken, maar ze lagen te ver van de weg. Het kon me een lift schelen. Na een tijd meende ik iets aan te horen komen. Ik moest geslapen hebben. In ieder geval lag ik met mijn hoofd tegen de koffer. Ik sprong op en keek uit over de weg. Er was geen auto te bekennen. Naast me in het gras stond een meisje. Ze droeg een rugzak.

'Hoelang zit je hier al?' vroeg ze.

'Een halfuur misschien.'

'Waar moet je naar toe?' Ze verschoof de leren banden die in haar schouders sneden. Het militaire kakihemd dat ze aan had was haar twee maten te groot.

'Amsterdam.' Ik ging weer zitten.

'Daar moet ik ook naar toe. Ik ben op het kruispunt afgezet.' Ze schuurde met haar voeten over het gras als iemand die passen op de plaats maakt. Aan haar grijsbestofte schoenen – een soort jongensschoenen, die haar ook te groot waren – zag ik dat ze een heel stuk gelopen had. Het moest wel. Er was geen kruispunt in de buurt. Haar armen en benen waren even wit als haar gezicht. Ze tuurde de weg af en knipperde voortdurend met haar ogen, die smal waren en dicht bij elkaar stonden.

'Het kan nog wel even duren. Maak 't je gemakkelijk.'

'Dat verdomde wachten. Ik had er al kunnen zijn.' Ze deed haar rukzak af en kwam naast me zitten.

'Je moet geduld hebben. Je komt er nog wel vandaag.'

'Lift jij veel?'

'Niet bij voorkeur. Meestal zorg ik dat ik met een vriend mee kan in een jeep.'

'O, op die manier.' Ze deed haar hoofddoek af. Ze had dik zwart haar. 'Voor mij is 't de eerste keer.'

31

'Wat?'

'Dat ik lift. Ik vind 't een uitkomst. Ik heb de pest aan treinen.'

'Waarom?'

'Ik ben er 'n keer bijna uitgeflikkerd. Ik was een jaar of zeven, denk ik. Ik ging met mijn vader en moeder naar familie. Het was zo'n oude houten coupé, weet je wel, met leren riemen om de raampjes te laten zakken en een hoop koper. De portierkruk gaf ineens mee – ik zal er wel aan hebben staan mieren – en het portier sloeg open. Mijn vader kon me nog net pakken... Wat 'n wind er dan op je afkomt – daar heb je geen idee van.'

'Ik kan 't me voorstellen.'

'Jij let wel op, hè? Ik heb pijn in m'n ogen van het kijken. Ik ben geen zon gewend.' Ze ging languit in het gras liggen, met een arm over haar gezicht. Haar bewegingen waren schichtig. Haar stem klonk onnatuurlijk hoog. Het hinderde me dat ze als vanzelfsprekend aannam dat we samen verder zouden liften. Ze deed of we op deze plaats afgesproken hadden.

'Ik kon vanmorgen met 'n stel Canadezen mee in een truck.'

'Waarom heb je 't niet gedaan?'

'Ze moesten eerst nog naar Leeuwarden. Ze gingen pas morgen naar Amsterdam. 't Zou fijn zijn geweest als ze vandaag waren gegaan.'

'Zit je zo graag in een truck met Canadezen?'

'Van een van die jongens heb ik een paar repen chocola gekregen. Hij heette Roy. Leek me erg aardig. Grappige ogen...'

'Toe maar!'

'Wat bedoel je?'

'Niks.' Ze schopte met haar ene voet tegen het gras, alsof het haar in de weg stond. 'Je denkt zeker dat ik haast heb? Nou, dan vergis je je. Ik had best nog een tijd in Aalten willen blijven. Daar heb ik gezeten. Twee jaar. Maar ik moest er toch ééns weg.' Ze praatte zeer snel, op een bitse, ruzieachtige toon. Als we nog een halfuur moesten wachten, kende ik haar hele geschiedenis. Ik wilde verder.

'Teruggaan naar Amsterdam', zei ze, 'ik heb eigenlijk nooit aan iets anders gedacht.' Ze hield nog steeds haar arm voor haar ogen. Zo was het of ze in haar slaap sprak. Het klonk even ongecontroleerd. 'Je moet niet vergeten dat ik al die tijd geen stap buiten de deur heb gezet. Het was een heel klein kamertje met schuine wanden. Die gaan op je drukken. Ze komen steeds dichter naar je toe. In het begin las ik veel, goeie dingen en rotzooi, alles, maar toen het zo lang ging duren kon ik alleen nog maar wachten. Ik bleef dikwijls de hele dag op m'n bed liggen. God, wat is 't warm.' Ze legde haar hoofddoek over haar gezicht.

'De laatste maanden heb ik gewoon op straat gelopen.' Ik zei het zacht, meer voor mezelf. Ze reageerde niet. Ik keek naar haar scherpe, agressieve kin, die iets zelfstandigs kreeg nu de rest van haar gezicht bedekt was.

'Ja, jij zult niet veel last hebben gehad.' Ze kwam langzaam overeind en steunde op haar elleboog. Ze keek me bijna vijandig aan. 'Ik kon zoiets niet doen, dat zie je wel.'

Ik maakte mijn koffer open en nam er de zak brood uit. Ik gaf haar een boterham en nam er zelf ook een. 'Heb jij soms iets te drinken bij je?' Ik had een fles uit haar rugzak zien steken. Het was thee, echte thee.

'Waar ik in huis was hadden ze alles. Van de Amerikanen. Is je familie er nog?'

'Nee. Ik heb 'n vriend in Amsterdam. Daar ga ik naar toe.'

'Ik ga naar Palestina. Je schijnt er te kunnen komen via Marseille, met een vrachtboot. Clandestien natuurlijk. Maar eerst wil ik nog wat in Amsterdam zitten.'

'Stel je er niet te veel van voor.' Ik schoof de zak met brood naar haar toe. Ze nam nog een boterham. Ver voor zich uit kijkend zat ze te kauwen.

'In Aalten zeiden ze dat ik het niet moest doen. O, heel gevoelig hoor. Maar ze snappen 't niet. Ik wil gewoon zien waar we gewoond hebben, ik wil de oude buurt bekijken.'

'Er is veel vernield, er is overal gesloopt. Dat heb je toch wel gehoord? We hebben 't zelf ook gedaan. We moesten wel.'

Op een dag in de hongerwinter zijn alle onderduikers uit het huis naast ons vertrokken om te proberen over de grote rivieren naar bevrijd gebied te komen. Mark stelt voor om er met de anderen, die nog boven ons zitten, een kijkje te gaan nemen. Vroeger heeft er een nsb'er gewoond. Hij verdwijnt in de loop van '44, dient in Overijssel bij de Landwacht en wordt neergeschoten als hij een verzetsman aanhoudt. Zijn vrouw laat de inventaris weghalen. Er is ook een vleugelpiano bij, en een brandkast. Wanneer blijkt dat het huis onbewoond blijft, wordt het bezet door de illegaliteit. Twee maanden voor Dolle Dinsdag zit het vol met onderduikers, meest studenten.

Ik ga als laatste de brandladder af, loop over een platje met een bovenlicht en kom via een kolenhok op de binnenplaats. Het is een groot herenhuis met ronde eiken trappen, marmeren gangen, geornamenteerde plafonds en hoge lambrizeringen. Drie verdiepingen plus een achterhuis, en alles van hout, ook de tussenwanden. 'We zitten niet meer in de kou', roept Mark. De kastplanken gaan er het eerst uit. Als er geen kastplanken meer zijn, worden de deuren uit de scharnieren gelicht. Daarna wrikken we de lambrizeringen los – met verguld lijstwerk – de plinten, de tussenwanden en het beschot van de zolder. 's Nachts hijsen we het hout naar boven. Tegen de tijd dat we de vloeren op gaan breken krijgt de buurt, waar alles al kaalgevreten is, er de lucht van. Mannen met koevoeten en trekzagen maken zich meester van wat wij overgelaten hebben. Zelfs de steunbalken halen ze weg. Ze slopen het achterhuis. We kunnen er van boven af doorheen kijken, tot op de begane grond.

Ik vertelde haar dat het met alle leegstaande huizen gebeurd was. Ik wilde haar waarschuwen, haar voorbereiden op wat ze te zien zou krijgen. Maar ze luisterde niet naar me.

'Ik hoop dat we er voor donker zijn. Ik kan me bijna niet voorstellen dat ik er weer lopen zal. Wacht, ik heb nog twee sigaretten.' Het waren zelfgedraaide, in het midden dik, dun uitlopend aan de punten. 'Eigen teelt, niet slecht.'

'Hoe heet je?'

'Yona.' Ze plukte een paar boterbloemen en ging weer liggen. Ze blies de rook door haar neus en streek met de bloemen over haar gezicht. 'Die vriend van je, woon je daar mee samen?' Ze vroeg het met haar ogen dicht.

'Ja.'

Het afgesloten kamertje houdt niet lang stand. We breken de wanden af en stoken de spijlen en het dikke karton in het noodkacheltje – niemand weet dan nog dat we vlak naast ons een kolossale houtvoorraad hebben. Ik kan niet zeggen dat het begint met verliefdheid. Maar we zijn dag en nacht in elkaars nabijheid. Alleen ik ga er soms uit. Karel heeft me een goed persoonsbewijs bezorgd, ik sta officieel ingeschreven. Mark kan de straat niet op, hij wordt gezocht. Ik stel hem voor samen in het bed te gaan slapen. Ik zeg het niet alleen omdat ik aan alles merk dat hij er ook aan denkt. Ik wil hem voor zijn. De laatste jaren hebben altijd anderen voor me gehandeld. Ik wil nu zelf het initiatief nemen.

Het grote ledikant wordt een huis in het huis. Het is het eerste wat je ziet als je binnenkomt. Het staat aan de achterkant tegenover de deur, en bij het raam met de brandladder, dat 's nachts nooit open kan vanwege de ratten. Als ik in bed lig en Mark nog bezig is zich uit te kleden, zie ik ze heen en weer lopen op het kozijn. Van schrik vergeet ik me te ergeren aan de zorgvuldige manier waarop hij zijn kleren weghangt, zijn oude broek in de vouw strijkt, zijn schoenen naast elkaar zet. Hij werkt een programma af. Hij raapt mijn bustehouder of mijn trui van de grond. Hij zoekt de peuken uit de asbak en doet ze in een doosje. Hij gaat naar de keuken om water te drinken. En als hij eindelijk naast me komt, probeer ik niet te denken aan de rat die naar binnen loert, zijn kop onophoudelijk in beweging.

'Ik heb ook een vriend', zei Yona. 'We zaten samen op de hbs en deden tegelijk eindexamen. Hij kwam dikwijls bij ons thuis. Ik had een kamer boven, aan de voorkant. Ik kon bijna over de bomen aan de gracht kijken. Het was een grote kamer. Het hele huis was groot. Als kind fietste ik wel door de gang. Mijn ouders gingen 's avonds veel weg. Ze vonden het goed dat we op mijn kamer bleven werken. Wat je werken noemt. Leo was 'n heet jongetje. Een maand of drie voor de oorlog is hij naar Amerika gegaan.' Ze streek nog eens met de bloemen langs haar wangen. 'Het duurt lang.' Ze tilde haar hoofd op. 'We zitten toch niet op de verkeerde weg?'

'We zitten goed', zei ik. Maar ik begon me ook af te vragen of we nog ooit verder zouden komen. Als zij er niet geweest was, zou ik misschien zijn gaan lopen, desnoods terug naar Zwolle. Hield ze maar op met praten, viel ze maar in slaap. Ze wil alles aan me kwijt omdat ze weet dat we over een paar uur toch uit elkaar gaan. Ik wou dat ze nog een sigaret had. Ik ging staan en rekte me uit. Mijn rok was gekreukt en vuil, mijn bloesje kleefde aan mijn rug. Voor de zoveelste keer keek ik de weg af.

Zodra we in het centrum waren hing Yona haar rugzak om en tikte tegen het ruitje van de cabine. We hadden veel oponthoud gehad doordat de vrachtauto, die ons van onze plek voorbij Zwolle had meegenomen, allerlei kleine plaatsen moest aandoen en de ene omweg na de andere maakte. We zaten achterin op kisten. Yona had haar knie geschaafd toen ze zich over de achterklep hees. Ik had het niet gezien omdat ik bezig was geweest zitplaatsen voor ons te maken.

'Wat heb je?' vroeg ik.

'Verdomme', riep ze, 'ik ben niet zo lenig als jij. Ik heb je toch gezegd dat ik al die tijd opgesloten heb gezeten op een soort vliering.' Ze bond een zakdoek om haar knie. 'Eén stap van de deur naar het bed. Dacht je soms dat ik kamergymnastiek had gedaan?' Ik dacht aan de brandladder die ik bijna dagelijks op en af was gegaan. Ten slotte kon ik het met één hand.

'Heb je een adres waar je naar toe kunt in Amsterdam?' Ik verwachtte dat ze zou zeggen dat het me niet aanging, maar ze scheen me niet te horen. De wagen denderde over een weg waar ze net versperringen hadden opgeruimd.

'Weet je', zei ze, 'dat ik eerst niet wist waar ik zat?' Haar stem klonk ineens veel minder scherp. 'Ik wist alleen dat het een laag huis was met een zolderraampje boven de achterdeur. Je woont hier niet, zei de vrouw van het huis. Ze droeg altijd een blauw streepjesschort. Maar ik bén hier toch, zei ik. Nee, zei ze, je moet onthouden dat je hier niet bent, je bent nergens. Ze zei het niet onaangenaam, ze had het beste met me voor. Maar het bleef bij me hangen: je bent nergens. Het is of je 't op de duur zelf gaat geloven, of je aan jezelf gaat twijfelen. Ik zat soms een hele tijd naar mijn handen te kijken. Een spiegel was er niet en het zolderraam hadden ze dichtgekalkt. Alleen als ik naar mijn handen keek herkende ik mezelf, bewees ik mezelf dat ik er nog was.'

'Kwam er dan nooit eens iemand bij je?'

'Jawel, in het begin. Maar ik had geen zin om te praten. Dat merkten ze gauw genoeg. Een enkele keer lieten ze me wel eens 's avonds beneden komen, als de ramen verduisterd waren en de voor- en achterdeur gegrendeld. Ik voelde het niet als iets bizonders. Later kreeg ik er zelfs een hekel aan. Ik zag dat ze als de dood waren wanneer ik in de kamer zat. Ze luisterden naar ieder geluid dat van buiten kwam.

Ik zei dat ik liever boven bleef. Dat ik ze geen risico wilde laten lopen. Aan een vliering wen je ook. Hij was tenminste van mij, het was mijn vliering.'

Onder het praten had ze zich omgedraaid, ze zat half met haar rug naar me toe. Ik moest me naar haar overbuigen om haar laatste woorden te verstaan. Haar hoofddoek was afgegleden. Haar haren wapperden in mijn gezicht.

Toen we Amsterdam genaderd waren begon ze over haar vader, met wie ze elke week naar het Concertgebouw ging, met wie ze lange wandelingen maakte en in kleine theesalons gebakjes at. Ze sprak over hem als over een vriend. En weer moest ik bizonderheden horen over het huis. Ze liep met me door de kamers en gangen, ze liet me de binnenplaats zien, de kelder met de wijnrekken, de zolder met het ouderwetse hijswerk. Ik kende het alsof ik er zelf gewoond had. Waar zou ze slapen vannacht?

'Als je wilt kun je met mij mee naar huis', zei ik.

'Ik zal geen tijd hebben. Ik heb zoveel te doen. Er staat ook nog ergens een koffer van me. Ik weet niet meer wat ik er destijds in heb gedaan.'

We reden over de Berlagebrug. Het was nog licht. Ze had de laatste kilometers gezwegen en met haar kin in haar handen gezeten. 'Zuid', zei ze nu, 'hier is natuurlijk niets veranderd.' Ik schreef mijn adres op een papiertje en gaf het haar. Zonder er naar te kijken stak ze het in de zak van haar kakihemd.

'Je moet komen', riep ik haar na, toen ze op de Ceintuurbaan was uitgestapt. Ze liep weg zonder om te zien, de handen aan de riemen van haar rugzak, voorovergebogen alsof er stenen in zaten. Ik verloor haar uit het oog omdat ik naar een tramstel keek dat uit de Ferdinand Bolstraat kwam. De tram reed weer! Er hingen vlaggetjes aan de beugel. Overal hingen vlaggen. En portretten van de koningin. En oranje draperieën. Iedereen scheen op straat te zijn. Het was de laatste avond van de bevrijdingsfeesten.

De chauffeur zette me af op het Rokin. Ik hoefde nu niet ver meer. Als ik vlug liep zou ik er in vijf minuten kunnen zijn. De deur stond meestal open – het slot was defect – de drie trappen vergden nog geen halve minuut. Ik kon mijn koffer beneden laten staan.

De mensen liepen in rijen over de hele breedte van de straat. De meesten droegen oranje kokardes of rood-wit-blauwe strikjes. Er waren veel kinderen met papieren mutsen, vlaggetjes en toeters. Twee harmonikaspelers en een saxofonist in volendammer kostuum dreven, ver uit elkaar, mee in de stroom. Ik probeerde er zo vlug mogelijk doorheen te komen. Ik botste tegen een kind op dat zijn vlag liet vallen, die onmiddellijk vertrapt dreigde te worden. Met mijn koffer maakte ik ruimte, raapte de vlag op en duwde ze in zijn hand. Uit een café in de Damstraat klonk jazzmuziek. De deur stond open. Mannen en vrouwen zaten met de armen om elkaar heen aan de bar. Hun lichamen schokten. In de etalage van een bakker lagen alleen wat broodkruimels. Het was hier nog drukker. Op de hoeken van de burgwallen stonden groepjes Canadezen, belegerd door hoeren, zwartehandelaars en peukenrapers.

In het friese dorp had ik niet veel van bevrijdingssfeer gemerkt. De vrouw bij wie ik logeerde bakte zelf brood; ze had het de hele oorlog gedaan, ze ging er gewoon mee door. Als ik alleen met haar in de keuken was vroeg ze me met gulzige belangstelling uit over mijn ervaringen in de hongerwinter. Ze wilde alles weten van de kerk met de lijken, de mannen met de ratels, de oedeemlijders op de trappen van het Paleis, de uitgemergelde kinderen die met hun pannetjes naar de gaarkeuken gingen. Ik vertelde het haar tot in details. Over het uitgezuiverde vet waar we buikloop van kregen, de rotte veenaardappelen, het brood dat op natte klei leek; over de zweren en de open benen. Ik beschouwde het als een manier om iets terug te doen.

Eindelijk was ik bij de brug. Ik keek naar het huis met de grote raamvlakken en de morsige deur. Naar het huis ernaast met de hoge stoep en de halsgevel. De ramen waren dichtgemetseld. Daarachter lag het puin hoog opgestapeld. Er waren alleen nog naakte muren. Ik zette mijn koffer neer om hem in mijn andere hand te nemen. Het was of ik nu pas voelde hoe hongerig ik was, hoe stijf mijn knieën waren van het urenlang zitten op de kist. Aan de huizen was iets dat mij vreemd voorkwam, alsof ik jaren weg was geweest. Maar het kon ook zijn omdat ik nooit op de brug was blijven staan, omdat ik ze vanuit deze hoek nooit bekeken had. De schuit lag er nog. Achter de ronde raampjes brandde een olielamp.

Onze huisdeur was dicht. Het slot bleek intussen gemaakt te zijn. Ik moest ergens een sleutel hebben. Ik wilde niet bellen. Ik had er nooit op gelet dat het trappenhuis zo donker was als je de buitendeur achter je sloot. Zonder er bij te denken greep ik naar de leuning en stootte mijn hand tegen de ruwe muur. 'Het is mooi zacht hout', had Mark gezegd toen hij de leuning in blokjes zaagde, 'met een scherp mes kun je het lekker snipperen.' De treden van de bovenste trap knersten, of er zand op lag. Met mijn koffer duwde ik de deur open.

Op het bed lag een zwarte damestas. Een leren tas

met een koperen sluiting. Wie had er nu nog zo'n tas? Het leer was soepel en glad. Alleen aan de onderkant zaten wat vouwen. Ik liep naar de tafel, die vol flessen en glazen stond. Op een van de asbakken zag ik een lange peuk liggen. De sigaret moest voorzichtig gedoofd zijn. Daarna was de verkoolde tabak er afgeknepen. Op de grond vond ik het lege doosje. *Sweet Caporal*. De divan was bezaaid met kranten. Eisenhower staande in een auto. Montgomery staande in een auto. Nieuwe baileybrug in recordtijd gebouwd.

In de keuken moest ik tussen het opgetaste vaatwerk zoeken naar een kopje. Ik spoelde het lang af voor ik er uit dronk. Ik voelde het water naar mijn maag zakken, het klokte, of het in een gladde koude holte viel. De torenklok sloeg het halve uur. Het huis werd er nog stiller door. Ook op de andere verdiepingen scheen niemand thuis te zijn. Halftien? Het werd nu snel donker. In de paar bomen die nog langs de gracht stonden was het al nacht. Ik deed een van de ramen open en leunde naar buiten. Aan de overkant liepen een man en een vrouw waggelend over de stoep. Ze hielden elkaar stevig onder de arm. Soms schoten ze ineens een paar meter vooruit, kwamen langzaam weer recht en probeerden het opnieuw. De man van negen uur liep daar ook altijd. Ik had hem na de bevrijding niet meer gehoord.

'Stil eens', zeg ik tegen Mark. Het is even voor negenen. Ik blaas de lamp uit en trek het verduisteringspapier omhoog. 'Wat doe je nou?' vraagt hij. 'Hoor je dan niets?' zeg ik. We luisteren allebei, voor het open raam. Een mannenstem roept iets. Het is te donker om de overkant te kunnen zien, maar het geluid komt duidelijk daar vandaan en het verplaatst

zich in de richting van de Hoogstraat. De man roept
aan één stuk door, zo hard hij kan, alsof hij zijn lon-
gen tot het uiterste wil beproeven. Sindsdien komt
hij iedere avond om dezelfde tijd langs. Wát hij roept
kunnen we niet verstaan. Misschien stoot hij alleen
maar klanken uit. Uit protest, of gewoon omdat hij
leeft. In het begin luistert Mark mee. Later zegt hij:
'Ach, die vent, laat 'm toch.' Maar ik blijf elke avond
op hem wachten. Een enkele keer, bij lichte maan, zie
ik zijn schim. Hij houdt zijn hoofd achterover en hij
roept.

Ik boog me verder uit het raam. Er kwam iemand
over de brug. Het kon Mark zijn. Hij liep ook zo, met
zijn bovenlichaam naar voren, als iemand die tegen
de wind in gaat.

De avond voor de bevrijding zie ik dat voor het eerst.
Karel is de trap op komen rennen. 'Ze capituleren!'
roept hij. 'Het is afgelopen!' Op zijn BS-post is het
bericht binnengekomen. 'Ik ga weer', zegt hij. 'Het
is best mogelijk dat er nog geknokt wordt hier. Ik
hoop 't maar.' We gaan met hem mee de straat op.

'Ik heb nog nooit met je buiten gelopen.' Ik steek
mijn arm door die van Mark. Karel is ons vooruit-
gehold in de richting van de Amstel.

'Je ziet er anders uit.'

'Hoe anders?'

'Je lijkt kleiner.'

'En jij bent nog veel bleker dan ik dacht.'

'Trekt wel weer bij.'

'Wat gek dat we niemand tegenkomen.'

Het is over negenen, ruim een uur na spertijd. Het
lijkt of niemand het nog weet, of wij de enigen zijn
die ons buiten wagen. De houten zolen van mijn sandalen klepperen op het asfalt. Ergens wordt een raam

omhooggeschoven. We roepen dat de Duitsers capituleren, dat het vrede is. Er gaan nu meer ramen open. Een man komt aarzelend aan zijn deur staan. 'Pas maar op', zegt hij.

We gaan de brug bij de Staalstraat over. In de Doelenstraat komen we een groep mensen tegen. Voorop loopt een man met een grote bel te zwaaien. Een ander heeft een rood-wit-blauwe kokarde op zijn jas. We lachen en roepen naar elkaar. Op de Munt is geen mens te zien. Pas als we het plein oversteken komen uit de Kalverstraat drie jongens aanhollen. Dan horen we schieten. Uit de Vijzelstraat klinkt het geratel van een machinegeweer. 'De SS!' schreeuwt iemand. 'Wegwezen!' Terwijl het schieten aanhoudt rennen we de Doelenstraat weer in.

'Karel krijgt nog gelijk', zegt Mark hijgend, 'ze geven zich zomaar niet over.'

Op de gracht gaan de ramen dicht. De paar mensen die toch nog op straat zijn gekomen maken zich uit de voeten. In het nauwe trapportaal staan we met de armen om elkaar heen, buiten adem.

Er liep weer iemand over de brug. Misschien waren het maar vijftig stappen tot aan onze deur. Op de schuit kwam een man uit het luik omhoog en liet de klep hard dichtvallen. De vrouw had weer een klant gehad. 'Een bevaren hoer', volgens Mark. Misschien waren het toch meer dan vijftig stappen. Misschien moest ik tot honderd tellen.

Ik werd ergens wakker van. Ik strekte mijn benen, mijn rug deed pijn van de vloerplanken waarop ik in slaap was gevallen. Er werd gebeld. Het was te donker om van boven af te zien wie er stond. Ik ging opentrekken, maar het touw werkte niet. Toen de bel opnieuw overging liep ik naar beneden. Op de stoep stond een agent. Hij noemde mijn naam.

'Ja, dat ben ik', zei ik.

'Kijk eens.' De agent knipte een zaklantaarn aan en bescheen een stukje papier. 'Dit is toch uw adres?'

Ik bekeek het briefje. Het was gekreukeld en het schrift bijna onleesbaar, half uitgewist, of het papier nat was geweest.

'Dat heb ik geschreven.'

'Weet u wie het bij zich gehad kan hebben?'

'Wie... ja, het meisje met de rugzak.'

'Dat klopt', zei de agent, 'ze had een rugzak bij zich.'

'We hebben samen gelift. Is er iets met haar?'

'Ze ligt in het Weesperpleinziekenhuis. Ze is in de gracht gevallen. Gelukkig kwam er net iemand langs.'

'Wilt u dat ik met u meega?'

De agent knikte. 'Ze vonden alleen dit briefje in haar zak. Ze weten nog niet hoe ze heet en of ze familie heeft die gewaarschuwd moet worden.'

'Ze heet Yona. Meer weet ik ook niet. Wacht u even, ik ga zo met u mee.'

Ik had boven nog geen licht gemaakt, de olielamp was niet te vinden. Een stoel waar ik tegenaan liep viel met een klap om. Eigenlijk moest ik een briefje achterlaten voor Mark. Misschien kwam hij intussen thuis. Maar ik kon de agent niet te lang laten wachten. Op de tast vond ik mijn koffer, haalde er een vest uit en trok het aan terwijl ik de trap afging.

Ze draaide haar gezicht weg toen ik binnenkwam. Er zat een pleister boven haar rechteroog, haar lippen waren gezwollen, haar haar lag in strengen op het kussen. Ik had een gevoel of mijn mond uitge-

45

droogd was. Mijn mondhoeken deden pijn. Ik dacht: aan deze dag komt geen einde.

'Hoe is het?' vroeg ik.

In het vertrek stond behalve het bed en het nacht-kastje alleen een stoel. Er brandde een spaarlamp. Ze bewoog haar hoofd alsof ze iets zeggen wilde maar het inhield. Ik zag nu ook het verband om haar arm. De zuster had me op de gang verteld dat ze gewond was door een ijzeren voorwerp onder water. 'Er ligt zoveel rommel in de grachten, ze gooien er alles maar in wat ze kwijt willen.'

Ik ging op de stoel naast het bed zitten. Ik kon niet nog eens vragen hoe ze zich voelde. Ineens begon ze te praten, weer met haar ogen dicht.

'Ik keek door de brievenbus.' Ze praatte binnens-monds. 'Als ik vroeger de deur niet open kon krijgen, duwde ik tegen het klepje van de brievenbus en haal-de het touw naar me toe. Er was niets meer. Niets dan een groot koud gat. Ik was eerst zo maar wat gaan lopen, door andere buurten. Ik stelde het zo-lang mogelijk uit. Pas toen het helemaal donker was ging ik er heen. Ik had er eerst geen erg in. Uit de ver-te leek het of het er nog was.' Ze keerde haar hoofd naar me toe en keek of ze me voor het eerst zag.

'Wat kom je doen? Hoe ben je hier gekomen?'

'Ze vonden het briefje dat ik je vanmiddag gegeven heb.'

'In je zakken zitten ze ook al.'

'Ik kom morgen wel weer terug.' Ik wilde opstaan.

Ze schudde haar hoofd. 'Blijf nog even. Of wil je liever naar huis? 't Is al heel laat.'

'Ik heb geen idee van de tijd.'

'Hoe is het met je vriend?'

'Goed.'

46

'Ze hebben je zeker gevraagd of ik nog familie had?'

'Ja.'

'Wat heb je gezegd?'

'Ik zei dat ik het niet wist.'

'En verder? Wilden ze weten waar ik vandaan kwam?'

'Nee.'

'Of je me goed kende?'

'Dat vragen ze altijd.'

'En wat zei jij?'

'Ik zei: ze heet Yona, meer weet ik ook niet.'

'Meer niet?'

'Nee.'

'Net wat ik dacht.' Met haar gezonde arm sloeg ze op de deken.

'Wat wou je anders?'

'Och...'

'Je had naar me toe kunnen komen. Je wist mijn adres, ik heb het op dat briefje geschreven. Ik wed dat je er niet eens naar gekeken hebt. Toen we hier aankwamen heb ik gevraagd of je met me mee wou gaan. Ik heb je nog nageroepen.'

Ze gaf geen antwoord. Ze kwam overeind, nam een slok water en ging met haar tong langs haar lippen. Ik deed het ook, mijn mondhoeken waren schraal, ze trokken als ik mijn kaken bewoog. Ik pakte het glas van haar aan en dronk.

Lang keek ze me aan voor ze zei: 'Ik had niets te doen. Ja... mijn koffer ophalen. Maar die was er niet, die hadden ze ergens anders gebracht. Bang voor jodengoed. Het huis was er ook niet meer. De deur zat dichtgespijkerd. Ik kon het voelen. Hoe kan een gevel overeind blijven als er niets meer achter is, dacht ik. Het is een soort bedrog. Of iemand je het gevoel heeft willen geven dat ze nog ergens met hun poten afgebleven zijn. Kijk dan: daar staat je huis. Maar één klap van de sloper, en het zakt in elkaar. Daarna ben ik naar het huis van mijn tante gegaan. Ze woonde vlakbij. Er waren geen ramen meer, geen deuren, de stoep lag in puin. Ik kwam vroeger veel bij haar. Ze speelde piano. Ze had kleine witte handen en ze droeg altijd armbanden, die rinkelden als ze speelde.' Ze wachtte even en plukte aan het laken. 'Ik vroeg me af waar de piano zou zijn. Gek, dat je daar op zo'n moment aan denkt. Wat is nou een piano? Ik begrijp nog niet hoe het gebeurd is. Ik ken de buurt. Het was natuurlijk wel erg donker. En ik zie ook veel slechter. Op die vliering heb ik nooit mijn bril gedragen. Het was niet nodig. Misschien kan ik hem nu beter weer opzetten. Ik denk dat ik gestruikeld ben of uitgegleden.' Ze haalde haar schouders op en ging met haar vingers door haar haren, ze trok er aan.

Het was dus een ongeluk. Ik had haar onderweg wel met haar ogen zien knipperen. Maar ze had gezegd dat ze geen zon gewend was. Ik wist niet meer wat ik geloven moest.

'Vindt je vriend het niet erg dat je zo lang wegblijft?'

Ze was weer gaan liggen.

'Nee.'

'Nee? Wat heb je dan gezegd?'

Ik zweeg.

'Lagen jullie in bed?'

Ik keek naar het dek dat bewoog boven haar knieën. Het was een grauwe deken, in het midden zorgvuldig versteld met stof van een lichtere kleur.

'Kreeg je geen gelegenheid om er over te praten?'

'Nu moet je eens luisteren, Yona, ik ben hier niet gekomen...'

'Ik weet het wel, ik vraag maar...' Ze tastte naar de pleister boven haar oog. 'Het steekt. Ik heb die paar uur gedaan of ik slief. Ik had geen zin om ze tekst en uitleg te geven, ik had geen zin om te praten. Nu wel, tegen jou. Heb je dat raampje gezien? Het lijkt wel een cel.' Hoog in de wand tegenover mij zat een klein venster van matglas. Het was kennelijk een vertrek dat alleen voor noodgevallen dienst deed. 'Langer dan een dag of twee houd ik het hier niet uit. Trouwens, zo erg is het niet met me. Mijn linkerbeen zit ook in verband, maar het zijn alleen vleeswonden. Ik heb de pest aan kleine ruimten en ik kom er altijd weer in terecht. Net als in die kajuit. Voor de oorlog mocht ik eens mee gaan varen met vrienden. Ik sliep in het vooronder of hoe je dat noemt. Ik moest er gebukt in, me op mijn hurken uitkleden. Als ik mijn hand uitstak of mijn knie boog, voelde ik de wanden, net of ik in een kist lag, of ze me onder water begraven hadden.' Ze schoof de deken iets van zich af. Ze droeg een ziekenhuishemd, waardoor ze meer op een patiënt leek dan met de verbonden arm. In de gang liep iemand met schuifelende passen voorbij.

'Ze hadden me kunnen laten liggen.'

'Dat kun je nu makkelijk zeggen.'

'Ik meen 't.' Ze kwam met haar gezicht naar voren, haar ogen leken ineens groter.

Ik vroeg me af wat ik hier deed, waarom ik naar haar bleef luisteren. Mark zou nu thuis zijn. Maar ze hield me vast, trok me mee, confronteerde me met iets dat ik ontlopen wilde. Ik zocht naar woorden om me te weer te stellen en ik zei: 'We zijn er doorgekomen.'

49

'Nou, en?'

'Dat betekent toch iets. Noem het voor mijn part een beschikking.'

'Schei uit. Het was puur toeval.'

'Goed. Noem het toeval of wat je wilt. Maar het feit ligt er. Ik zeg niet: laten we blij zijn. Ik zeg niet: laten we doen alsof...'

'Nee. Maar je hebt er wat op gevonden.'

'Wat weet je van mij af?'

'Bijna niets. Maar genoeg om te voelen dat jij 't makkelijker hebt.'

'Je vergist je als je denkt dat het voor mij makkelijker is dan voor jou. Waarom probeer je niet in te zien dat we allebei op hetzelfde punt staan? We zíjn er, daar is niets aan te doen, en we moeten verder...' Ik kon het niet. Het klonk als de frasen van de eerste de beste dagsluiter.

'Klets niet. Als ik aan mijn vader denk... zijn hele leven heeft hij staan bidden, staan buigen naar het oosten. Waar is het goed voor geweest? Wat had 't voor zin? Wat heeft dit allemaal voor zin?'

'Het was zijn overtuiging.'

'Hij weet nu wel beter. Hij weet niets. Dat komt op hetzelfde neer.'

'Maar hij heeft er toch steun aan gehad, hij heeft kaddisj gezegd en...' Ouwebet, dacht ik. Het was belachelijk.

'Met of zonder kaddisj, het heeft hem niet geholpen. Hem niet, en al die anderen niet.' Ze had rode vlekken op haar wangen gekregen. Haar gezicht was hoekig, met de scherpe jukbeenderen en de scherpe kin.

'Jij', zei ze, 'jij bent bang!'

'Jij dan niet?'

'Laten we ophouden.' Ze zei het zacht. Achter me ging de deur open. 'Ga maar weer naar je vriend. Hoe heet hij?'
'Mark.' Ik stond op. Ik voelde me te moe om nog iets bemoedigends tegen haar te zeggen.
'Ze moet nu slapen', zei de nachtzuster. 'U bent al veel te lang bij haar.' Ze had een bruin flesje in haar hand.

Het geluid van mijn voetstappen klonk hard door de lege straten. In de goten waren serpentines bijeengewaaid. Ik trapte op een papieren toeter. Uit een bovenhuis klonk het gehuil van een kind. Twee Canadezen met witte helmen op en witte banden om de arm kwamen uit een zijstraat.
'Hello', zeiden ze. Ze bleven op de smalle stoep staan wachten.
'Hello', zei ik. Ik liep vlug langs hen heen. Ik kon niet zien of ze kauwden of lachten. Misschien allebei. Morgen zou ik teruggaan naar Yona. Ze kon bij ons komen, als ze wilde. Mark zou het wel goed vinden. Ze kon op de divan. Het was toch niet voor lang. Ze ging naar Palestina; of wie weet had ze dat ook maar gezegd.
Hij was thuis geweest. Er lag een briefje op tafel. Ik kon de dingen nu beter onderscheiden in het donker. Ik zag de lamp met het doosje lucifers en daarnaast het briefje. 'Ik zie dat je thuisgekomen bent. Had je vandaag niet verwacht. Ik ben naar Karel, daar is een feest. Kom ook als je nog zin hebt.'
Ik liet me op het bed vallen en schopte mijn sandalen uit. De tas lag er niet meer. Ik zou gewoon kunnen gaan slapen en mijn lege maag vergeten en al het andere. Er gaat niets boven goed eten en drinken.

Dat was vanmorgen vroeg geweest. Het warme brood, de verse boter, de weckpotten in de kelder. Karel zou wel iets te eten hebben, en vooral te drinken. Hij wist altijd aan drank te komen. Mark zou er zijn. Ik ging rechtop zitten. Ik moest iets anders aantrekken, me opknappen. Ik was bruin geworden en ik was niet zo mager meer. Mark had me nog nooit zo gezien. Er hing nog iets in de kast; de jurk die gemaakt was op het atelier van mijn tante. Ik had de stof uit mogen zoeken, de rollen van de plank gehaald, ze afgewikkeld en in de spiegel voorgehouden. De jurk was overal mee naar toe gegaan. Af en toe had ik er iets aan veranderd. 'Jij weet het wel', had mijn tante gezegd, 'daar heb je voor jaren wat aan.'

De ramen van het huis waar Karel woonde waren flauw verlicht. De voordeur stond aan. Op de trap hoorde ik boven me gestommel en gelach van veel mensen. De grammofoon speelde *Nobody's sweetheart now*. Er werd bij gezongen; het klonk hees en uitgesleten. In de kamer hingen twee olielampen, die leken te drijven op de dichte rook. De meeste gasten zaten op de grond, anderen lagen op divans, in een hoek werd gedanst. Ik trapte een glas kapot. Niemand merkte het. Ik zou over al die benen moeten stappen en in al die gezichten moeten kijken om hem te vinden.

'Heb jij niets?' vroeg een man in uniform. Hij duwde me een vol glas in mijn hand. Ik dronk het in één teug leeg; ik kreeg er tranen van in mijn ogen, maar hield het glas weer bij en dronk opnieuw. In een hoek ontdekte ik Karel. Ik wilde naar hem toe gaan, maar kon niet bij hem komen. Hij sloeg zijn arm om een blond meisje. Ze zoenden elkaar. Zijn hand ging over haar borsten. Iemand blies rook in mijn gezicht.

'Is Mark hier?' Ik vroeg het aan de man die mijn glas had volgeschonken.

'Hij was hier net nog. Ik geloof dat hij weg is gegaan.'

'Waar naar toe?'

Hij had zich al omgedraaid. Ik trok hem aan zijn mouw. Hij haalde zijn schouders op en boog zich over naar iemand die op de grond zat. Ik vroeg het aan iemand anders, een man met een bezweet gezicht en waterige ogen. Hij miste een voortand.

'Weet je ook waar Mark is?'

'Ik ken geen Mark, diertje. Ga mee dansen.' Hij legde een zware arm om mijn schouders. Ik maakte me los en liep naar de gang.

Toen ik buiten kwam begon het al wat licht te worden. Ik hoorde de vogels in de bomen. Maar het waren geen bomen, het waren half-afgekapte stammen met kale armen. De vogels zagen ze voor bomen aan. Ik voelde geen slaap meer en geen honger. Ik zou kunnen doen of ik nu pas naar huis ging.

Ik stond weer op de brug en pakte de vochtige ijzeren leuning. Het water trok, ik hoorde het tegen de kaden spoelen en langs de schuit. De gevels werden grauw. Achter de ramen van onze verdieping was het donker. Ik liep naar het huis naast ons, beklom de stoep en stak mijn hand door de brievenbus. 'Als kind fietste ik wel door de gang.' Ik voelde de kilte tegen mijn vingers, de kilte van een groot gat waar de wind doorheen blies.

Snel trok ik mijn hand terug.

Dinsdag 25 maart 1947

Beneden in het huis sloeg een deur.

Ik hoorde voetstappen op het grind, begeleid door het gedempt mokken van kippen. Het tuinhek klepperde en onmiddellijk daarop begonnen vrouwen door elkaar heen te roepen, waarbij het zangerige zuidfrans het af moest leggen tegen het scherpe catalaans. Voorzichtig tilde ik een punt van het laken op dat over de balustrade hing en gluurde naar beneden. In een kring van buurvrouwen stond madame Ponsailler voor het hek, met een mand kippen aan haar arm. Uit de mand dwarrelden veren die op haar rok bleven hangen. Ze draaide zich om en keek in mijn richting.

'Oui, oui... le mari... aujourd'hui... bien sûr...'

De andere vrouwen keken nu ook naar het balkon. Ze lachten, trokken aan hun zwarte omslagdoeken, bewogen hun voeten in de zwarte espadrilles, stootten elkaar met de ellebogen aan. Een magere vrouw die het haar in een vlecht op de rug droeg, boog zich voorover en fluisterde iets. De hoofden gingen naar elkaar toe, weken weer iets uiteen en er klonk opnieuw gelach en een getemperd spreekkoor 'Le mari... le mari... le mari...' De kippen in de mand begonnen te kakelen. Een van de vrouwen sloeg op de mand. Haar omslagdoek gleed van haar schouders. Ze had een gebloemd jak aan dat, door haar zware borsten, niet helemaal aansloot van voren. Tussen de knopen was het wit van haar onderjurk te zien.

Ik liet het laken terugvallen, sloeg mijn badjas om en ging naar binnen. Er vielen mimosaballetjes op de grond waar ik liep. Terwijl ik in de zon lag had ik een paar takjes van de over het balkon hangende mimosastruik geplukt en de balletjes er af geschud. Door de hitte waren ze op mijn huid blijven kleven. Ik goot water uit de kan in de waskom, een witte kom met bruine barsten, en sponsde me af. Het water spatte naar alle kanten op het zeil. Ik zette mijn voet op het matje dat voor de wastafel lag en haalde het over de natte plekken. Langzaam kleedde ik me aan. Ik had alle tijd. Als ik wilde kon ik zelfs nog met de bus op en neer naar Port-Vendres om te zien wat Gilbert uitvoerde. Ben je er nu toch? En ik dacht dat je niet meer zou komen? – Het kan nog net even voor ik naar het station ga. Hij komt pas om 12.30. En misschien is hij wel te laat. Je weet 't, de trein heeft soms meer dan een halfuur vertraging.

In een pannetje maakte ik koffie op het oliestel dat madame Ponsailler op mijn kamer had gezet nadat ik haar verteld had dat ik niet altijd in het dorp zou eten. Het werd me te duur. Ik dronk op het balkon mijn koffie en at er een stuk stokbrood bij. De vrouwen waren verdwenen. Over het pad naderde een troep ganzen en daarachter liep een meisje in een wijde blauwe rok en een blauw bloesje. Ze droeg een mand sinaasappels. Haar schaduw, die kort en recht voor haar viel, raakte soms de achterste gans.

Het is de eerste keer dat ik in Port-Vendres ben. De bus heeft me afgezet aan het begin van het haventje. Op een van de vrachtschepen zijn ze bezig sinaasappels te lossen. Het is een verveloze boot met een roestige bovenbouw. Aan dek is een Algerijn bezig de vruchten die uit een losgeschoten kist zijn gerold met een plank aan een stok bij elkaar te vegen. Hij roept iets naar een man die aan de kade staat. De man draagt een trui die bijna dezelfde kleur heeft als de sinaasappels. Wanneer hij me aan ziet komen begint hij te lachen en beweegt zijn mond zonder iets te zeggen. Ik loop hem voorbij. Mijn rug wordt warm. Van mijn nek tot onderaan mijn dijen voel ik de hitte alsof ik niets aan heb.

Ik ga op een van de terrasjes aan de haven zitten. Boven het hoofd van de man met de oranje trui zie ik de stenen vrouw van Maillol met de stenen bloemen in haar hand. Le monument aux morts de Port-Vendres. Het staat aan het eind van de kade. De man komt langzaam naar het terras toe. Hij loopt met de handen in de zakken, zijn benen slingeren of hij naar steentjes zoekt waar hij tegen schoppen kan. Hij is langer dan de meeste mannen hier. Zijn blote voeten in de open sandalen zijn bruin en gespierd. De voeten van een klimmer. Ik schat hem tegen de dertig.

Hij blijft voor het terras staan en wijst naar de stoel naast mij. Ik knik. Het ijzeren tafeltje tussen ons wiebelt als hij zijn armen er op legt. Roestschilfers blijven aan zijn trui haken.

'Vous-êtes Italienne, je pense?'

Hij kan het lijstje af gaan werken, ik heb het al meer gehoord. Zodra ik nee heb gezegd beginnen ze het noordelijker te zoeken.

'Anglaise...' Hij aarzelt.

'Non.'

'Danoise, Belge...' Hij ondersteunt zijn opsomming met een gebaar alsof hij me iets aanreikt. Ik vind het wel genoeg zo.

'Je suis Hollandaise.'

'Mais bien sûr.' Hij slaat zijn hand tegen zijn voorhoofd. Dat hij daar niet eerder opgekomen is. Alhoewel, ik ben donker, en de Hollandaises die hij ontmoet heeft waren allemaal blond. Hij wenkt de patron, een smoezelige man met een baskische muts op, en zegt dat hij een fles Banyuls moet brengen. Banyuls op dit uur van de dag, ik zal niet weten wat ik drink. We houden de glazen met de lichtrode wijn omhoog en drinken op Holland. A la bonne heure. Het is elfhonderd en zoveel kilometer van me vandaan. De Algerijn schreeuwt naar ons, achter uit zijn keel, en maakt schokkende bewegingen met zijn onderlijf. Net een hond. Kinderen met donkerbruine benen staan op de kade sinaasappels te eten. Het sap druipt van hun kin over hun handen. Ze likken ze gretig af. Het blauw boven de witte huizen aan de overkant van het water doet me aan iets denken, iets van lang geleden. Een zomerse lucht boven een tennisbaan, of was het een zwembad?

Hij heeft zijn glas neergezet en steunt zijn hoofd in zijn handen. Het is bijna onhebbelijk zoals hij me zit te bekijken. Ik heb neiging te vragen of ik soms iets van hem aan heb. Maar hoe zeg je dat zo gauw in het frans? Misschien begrijpt hij me dan helemaal verkeerd en raken we meteen al verward in elkaars kleren.

Mijn stoel op twee poten balancerend leun ik achterover, mijn gezicht naar de zon, mijn ogen half dichtgeknepen. Ik ben blij dat hij, behalve mijn nationaliteit en mijn naam, niet meer wil weten. Of ik getrouwd ben, of ik kinderen heb, wat ik doe, of het daarginds koud is, en niet te vergeten hoe het was onder les boches. Hij vraagt alleen of ik hier lang blijf. Hij wil me de Pyrénées-Orientales laten zien, de hele Côte Vermeille, de plaatsen waar toeristen niet komen. Hij schijnt de tijd te hebben. En ik tref het goed, volgende week is het carnaval in Perpignan.

In de garderobe van de dancing bij de Porte Notre Dame slaat Gilbert de rode cape om me heen die hij voor me mee heeft gebracht. Want ik heb aan veel dingen gedacht toen ik uit Amsterdam vertrok, maar niet om een carnavalskostuum in mijn koffer te stoppen. Zelf heeft hij een zwarte spaanse hoed op en een zijden sjaal om zijn hals. Er hangt een dichte laag rook in het zaaltje, dat versierd is met slingers en lampions. Een rode fez, grote sombrero's en hoge bloemenkapsels steken boven de dansende menigte uit. De band speelt een paso doble, een dans waarbij je lange passen voorwaarts en achterwaarts maakt. Het is hier onmogelijk, de paren staan pal op elkaar, ze komen niet verder dan een ritmisch sjokken. Botsend tegen stoelen en tafels draait aan de rand van de dansvloer een man in een witte hansop in zijn eentje rond. Hij heeft een kussen voor zijn buik gebonden. Als hij zich omdraait wijst Gilbert op zijn rug. Er staat 69 op, met grote zwarte cijfers. Mijn cape ruikt naar een goedkoop parfum. De voering is aan één kant gescheurd, ik kan er mijn elleboog doorheen steken. Iemand trekt me mee de dansvloer op, een man met glimmend, achterovergekamd haar en een zwart masker voor. Hij buigt zijn hoofd naar me toe, zegt iets onverstaanbaars en blaast golven knofloorlucht in mijn gezicht.

Een tijdlang ben ik Gilbert kwijt. Bezwete handen houden me vast, gaan onder mijn cape over mijn blote rug en verder. Dijen worden tegen de mijne gedrukt. Als ik Gilbert alleen aan een tafeltje achter een fles wijn ontdek, ga ik opgelucht bij hem zitten. Hij weet een klein hotel waar we kunnen blijven. Het is laat als we er aankomen, de deur is dicht, maar hij drukt rustig op de bel. De patronne, een kleine gezette vrouw in een gebloemde peignoir, begroet hem amicaal. We klimmen de trap op. Hij heeft net mijn jurk uitgetrokken als de vrouw binnenkomt met een fles wijn en twee glazen. Ze zet ze op het kastje naast het brede bed. 'Bonne nuit', zegt ze. Behalve een wastafel en een bidet is er nog één stoel voor onze kleren.

Er werd geklopt. Ik was klaar met mijn ontbijt. Ik pakte mijn boodschappenmandje, deed de deur open en trok hem meteen achter me dicht. Madame Ponsailler. Nu snel handelen. Niet blijven praten op de gang. Nergens blijven praten vandaag. Mon mari zal erg blij zijn. En ik ook. Dat hebben we sinds enkele dagen vastgesteld. En dat Nederland niet vlak bij Parijs ligt, maar veel noordelijker. Eerst komt België. Duitsland ligt aan de andere kant, aan de oostgrens. Oh, les boches, madame, daar weten wij alles van. In Banyuls heb ik de overblijfselen gezien van de drie meter hoge betonnen muur, die ze langs de baai hadden opgetrokken om een invasie te verhinderen. Het is overal hetzelfde, waar je ook komt. Ze zijn overal geweest.

Ze stak haar arm door de mijne. We liepen de donkere gang door, de trap af. Ik moest oppassen dat we niet zo, gearmd, de deur uitgingen, het hek uit, het pad af, regelrecht naar het station.

Wachten op de trein, die altijd te laat is. Mark treft het, de wind is gaan liggen. De bomen staan nog volop in bloei. De trein komt de tunnel uit. De man van de kaartjes sloft naar de uitgang. Hij licht zijn pet op en wrijft met een zakdoek over zijn hoofd. Zijn broer en zijn oudste zoon zijn twee maanden voor de bevrijding gefusilleerd. Zelf heeft hij in een kamp gezeten. Een familie van maquisards. Ze hebben het me allemaal verteld. Portieren gaan open. Hij zwaait naar me.

Er hing in het huis een lucht als in een kippenhok. Bij de keukendeur bleven we staan. Ze duwde me naar binnen.

'Entrez! Entrez!' Monsieur Ponsailler zat aan tafel met een karaf, glaasjes en een kom suikerklontjes voor zich. 'We drinken vast op le mari.' Hij kwam half overeind, steunde met een korte dikke hand op tafel en schoof met de andere hand een stoel voor me naar achteren. Ik ging zitten en keek hoe hij de glaasjes vulde.

'Een halfje, monsieur Ponsailler, het is nog vroeg.'

Ik nam een suikerklontje in mijn mond en proefde voorzichtig van de zelfgestookte pruimenjenever, een zeer straf goedje, dat zonder de suiker bijna niet te drinken was. En nog voelde ik de warmte naar mijn gezicht stijgen.

'Hebt u gezien dat we de andere kamer in orde hebben gemaakt?'

Madame stond tegen het hoge buffet geleund. Aan weerskanten van haar hoofd blonk het glaswerk achter de geslepen ruitjes. Ze had een spitse schedel waar het haar strak overheen was getrokken. Kammen hielden het van achteren vast. 'Janine heeft meegeholpen. Ze wou ook zo graag iets doen voor de monsieur uit Holland.'

'Mijn man zal het erg prettig vinden, denk ik.'

In de paar brieven die ik krijg schrijft hij dat hij ook komt en dat ik er dan een kamer bij moet huren. Ik ben eerst van plan hem terug te schrijven waarom.

Maar ik laat het zo. Ik geloof nog niet dat ik hem hier zien zal. Tegen madame Ponsailler zeg ik dat hij gewend is een kamer voor zich alleen te hebben.

'Die Hollanders!' Monsieur sloeg zich op de knieën en lachte. Zijn bol gezicht werd rood. Zijn schouders gingen op en neer. Hij wreef over zijn baskische muts, die hij altijd op had en waar nergens haar onderuit stak. Misschien was hij kaal. 'Die Hollanders met hun kamers!'

– Een kamer in een groot huis. Een oud huis met hoge van stucwerk voorziene plafonds, met lange gangen, donkere trappen en een kelder waar mijn moeder het zoetzuur heeft staan in bruine keulse potten. De kelder ruikt er naar. Over de potten liggen vochtige ruitjesdoeken. Iedere vrijdagmiddag komt een nichtje bij ons met een schaal, om wat augurken te halen. Soms moet ik mee de kelder in om haar te helpen. Voorzichtig pak ik een punt van de doek en sla hem terug. Er ligt een witte laag over de augurken. Pak jij ze maar, zeg ik tegen het nichtje. Ze schept ze er met een schuimspaan uit. Ze zijn bedorven, zeg ik, ze stinken en zitten vol schimmel. Het nichtje haalt haar schouders op. Ze worden afgewassen, zegt ze. Op de zolder met de lage balken spelen we tussen kisten en oude meubels. We klimmen op de afgedankte keukentafel en kijken door het dakraam uit over Amsterdam-Zuid, de bomen van het Vondelpark, de torentjes van het Rijksmuseum. We zien onze buurvrouw, een alleenwonende oude dame, van haar dagelijkse wandeling terugkomen. Ze staat om de vier, vijf meter stil en kijkt achterom. Dat doet ze sinds haar hond overreden is. –

'Op een goede aankomst.' Madame hief haar glaasje. Met haar rechterelleboog in haar linkerhand gesteund nam ze een slok, zette het glas terug op het buffet en ging in een pan kijken die op het fornuis stond.

'Ik denk dat ik eens ga.' Mijn glas was nog niet helemaal leeg, maar ik voelde de jenever al in mijn benen.

Monsieur Ponsailler keek op zijn horloge en zei, terwijl hij zijn hoofd schuin hield, dat ik nog alle tijd had, de trein kwam nog lang niet.

'Laat haar toch gaan.'

'Ik wou nog wat boodschappen doen.' Ik schoof de stoel onder de keukentafel.

'Ik moet ook. Zal ik ze voor u meenemen?'

'Graag.' Ik zei wat ik wilde hebben en gaf haar mijn mandje.

'Gaat u hem halen, votre mari?' Janine holde me in de gang tegemoet. Op dat ogenblik viel met een klap de krant achter de open deur. De besteller knikte me in het voorbijgaan toe. Hij wist het ook al. Iedereen wist het. En daar was de oude moeder van madame Ponsailler. Schuifelend kwam ze het pad op, ver voorovergebogen, met haar stok voor zich uit tastend. Alles aan haar was zwart, haar kleren, haar hoofddoek, haar ogen, het leerachtige gezicht met de snor en de kinharen. 'Le mari', mompelde ze, 'le mari...' Haar man was al jaren dood. Gestorven na een langdurig ziekbed. Overal in het huis hingen portretten van hem.

Ik liep langs hen heen en lachte: het gaat gebeuren, hij komt. Ik ging vlugger lopen, het sterk hellende pad af, langs de amandelbomen met de spierwitte bloesems, de wei met de geiten, het huis met de acacia's in de voortuin. Daar woonde de dokter. Ik liep er altijd wat schichtig voorbij, want hij kreeg nog driehonderd francs van me. In de eerste week van mijn verblijf had hij me behandeld voor een angina. Aanstippen met een of ander paars spul, tabletjes slikken tegen de koorts. Tot mijn verbazing hielp het. Toen begonnen ze al te vragen waarom mijn man niet kwam. Ik was toch getrouwd. Liet hij me dan zomaar alleen zitten?

'Madame Sepha, une lettre.'

'Van mijn man.'

'Wat schrijft hij? Komt hij?'

'Hij is het van plan.'

'Komt hij gauw?'

'Ik denk van wel.' Ik zei dat hij het erg druk had. Hij werkte aan een krant, hij kon moeilijk gemist worden. Bij een volgende brief vertelde ik, dat ik niet lang meer hoefde te wachten. Het was een brief van Yona, maar dat wisten ze niet. Ik zei het maar om me er van af te maken. Ik had spijt dat ik over hem begonnen was. Ik zag er tegen op na elke nieuwe brief nieuwe uitvluchten te moeten verzinnen. En toen het telegram kwam 'arriveer dinsdag mark' zat ik weer met een ander probleem. Ik moest me onttrekken aan de vermoeiende geestdrift van de familie Ponsailler.

Ik sloeg een zijweg in die achter een paar lage huizen omhoogliep. In de verte waren de heuvels roodachtig bruin met stroken groen ertussen. Een honderd meter verder hield de weg op. Er waren geen huizen meer en geen bomen, alleen brokken grijze steen waaromheen wat harde stengels groeiden. Na een korte klim bereikte ik een ander pad, dat naar de wijngaarden leidde. Aan de rand van een van de terrassen ging ik zitten. Ik had geen haast. De trein kwam nog niet. Monsieur Ponsailler had gelijk gehad. Maar als ik in de keuken was blijven hangen,

zou ik nu volkomen dronken zijn geweest. Ik zag me
al lallend aan het station staan. Uit de witte en roze
huizen langs de baai stegen rookpluimen op. Het
stuk water dat ik overzien kon was blauwgroen,
strak en op twee vissersvletten na leeg. Boven de
steenheuvel hing een buizerd, die zich voor niets liet
vallen. Een paar meter boven de grond schoot hij
zijdeling weg, met opgetrokken poten. In de verte
floot een trein. Die ging terug het land in, de tunnel
door.
– De lampen flitsen even aan, een zwak geel schijnsel
verlicht de gezichten.
Er hangt een zure lucht van wijn en kaas in de coupé.
Mijn medereizigers korten de tijd met eten en drinken. Ik heb de hele nacht gezeten, gelukkig op een
hoekplaats. Soms slaap ik even in, maar bij iedere
wissel schok ik wakker, mijn hoofd stotend tegen de
harde wand. Mijn regenjas, die ik als kussen gebruik,
glijdt telkens weg. We rijden tussen Montauban en
Toulouse.
'Er ligt nog sneeuw in het zuiden', zegt iemand. 'In
geen honderd jaar is er zoveel sneeuw gevallen.'
'In Prades lag de sneeuw twee meter hoog.'
'Dat kwam door de wind. De wind waait de sneeuw
op.'
'Ik heb er foto's van gezien. Twee meter hoog.'
'Er zijn veel bomen doodgegaan.'
'Een strop voor de boeren. De boeren zijn altijd de
dupe.'
'De winter van zevenenveertig zal ons heugen', zegt
een vrouw. Ze heeft haar zwarte wollen omslagdoek
stevig om zich heen getrokken en houdt een mand
op haar schoot, waarvan ze af en toe de klep opendoet om er etenswaar uit te halen.

Ik wil geen sneeuw meer zien. Er komt geen eind aan de winter. Geen eind aan het uitzoeken van bonnen. Het in de rij staan bij de kolenboer. U bent te laat, er is niks meer. Geen aanvoer. Alles zit dicht. Mark gooit de laatste kit kolen op de kachel. We zitten er met ons drieën omheen. Karel heeft een kruik jenever meegebracht. Zodra we onze glazen leeg hebben, schenkt hij ze vol. Ik heb wel leren drinken de laatste jaren.

In de wit uitgeslagen kachelwand komen rode plekken, als blaren. Ik voel de hitte schroeien op mijn gezicht, maar ik ga niet achteruit. Ik zeg dat het net is of ik in de zon zit, tenminste, als ik mijn ogen dichtdoe. En dan zegt Karel:

'Ik ken iemand die net terug is uit Collioure.'

'Wie?'

'Een schilder. Hij heeft er een tijd zitten werken.'

'Waar ligt het ergens?'

'In het zuiden, naar de spaanse grens toe, voorbij Perpignan.'

'Aan de middellandse zee?'

'Het is een vissersdorp, waar veel schilders komen.'

'Lijkt me heerlijk om daar nu te zitten.'

'Het is er al voorjaar.'

'Dat zal wel.'

'Niks voor jullie?'

'Wát voor ons?'

'Om er naar toe te gaan.'

'Wat moeten wij daar doen?' Mark pakt de pook die naast de kachel ligt en tikt er mee tegen de onderste klep. 'Ik ben toch geen schilder!'

'Wat doet dat er toe. Daarom kun je toch wel naar het zuiden trekken.'

'En de centen, hoe komen we aan de centen?' Mark

kijkt geërgerd op. Hij heeft de klep verder openge-
schoven en begint de slakken uit de kachel te peute-
ren.

'Waarom ga je niet liften? Dat doen er zoveel.'

'Je moet daar toch ook leven.'

'Kun je geen voorschotten opnemen bij de krant,
voor reportages bij voorbeeld?'

'Ik zit daar nog helemaal niet vast. Dat is 't hem juist.
Ze willen eerst zien wat ze aan me hebben. Snap je
dat niet?'

'Liften, daar ben ik heel sterk in. Ik wil best.' Ik kijk
naar mijn schoenen waarop, door het gepor van
Mark, as is gevallen. Ik wil meer weten van Collioure. Waar het precies ligt, hoe je er komt. Ik haal de
atlas er bij en ga met mijn vinger over de kaart van
Frankrijk. Ik volg de lijn van Parijs naar beneden,
knoeiend met de jenever uit mijn volle glas, naar
Châteauroux, Limoges, Brive, naar Carcassonne,
Narbonne en verder langs de zee, ik ben al bijna in
Spanje en ik ga terug over het jeneverspoor naar Parijs, trek er met mijn natte vinger een kring omheen.

'Ik heb er veel zin in. Laten we het doen.'

'Hoe kom je er bij! Hoe kunnen we dat nu? Ik heb er
trouwens geen tijd voor. Ik kan niet weg.'

'Je wilt niet weg.'

Ik begrijp het. Hij wil niet, hij wil in Amsterdam blijven. Er zijn 'belangrijke dingen' te doen, dat heeft hij
al vaak gezegd. Maar hij bedoelt iets anders dan in
de hongerwinter, als we op elkaar aangewezen zijn,
altijd bij elkaar zitten, hele dagen doorbrengen in het
grote bed, samen in het schuilhok kruipen wanneer
er een razzia is, samen de angst delen en de opluch-
ting daarna, en praten, praten over wat we zullen

doen na de oorlog, hoe we zullen leven, waar we naar toe zullen gaan.

Op een dag wordt er gebeld. Beneden aan de trap staat een oude man. Hij zet een jute zak neer en geeft me een brief. Hij heeft rode gebreide wanten aan en een zwart petje op. In de zak zitten aardappelen en in de envelop bonkaarten en een briefje van honderd gulden. Dat ontdek ik pas als de man al de deur uit is. Ik hol hem achterna, haal hem op de brug in en vraag van wie hij komt. Hij blijft even staan en wijst met zijn gebreide duim naar de lucht. 'Van onze lieve heer', zegt hij en loopt door. Als ik op weg naar boven de lieve heer bedank, besef ik dat ik dit voor het eerst van mijn leven doe, en zwaaiend met het briefje van honderd kom ik binnen.

'Nu kunnen we doen wat we willen', zeg ik. 'We gaan vanavond ergens uitgebreid eten. Bonnen hebben we ook. Waar zullen we gaan eten?'

'Bij Freek, in de Spuistraat', zegt Mark. 'Daar schijn je nog een biefstuk te kunnen krijgen voor een gulden of veertig.'

'Of bij de Chinees.'

'Ja, een lekker stuk kip. 't Is natuurlijk kat, of hond, maar dat proef je niet als ze 't er niet bij zeggen.'

'Voor wild moet je bij Kempinski zijn.'

'De beroemde hazepeper.'

'Gebakken tong bij Rienstra, wat denk je daar van?'

'Kreeft.'

We eten gewoon thuis, bij het licht van pitjes die op raapolie drijven. De accu is leeg.

'Het gaat goed', zeg ik, als we na het eten op de divan zitten, met een deken om onze benen. 'Aardappels, bonnen en geld van onze lieve heer, en de Russen voorbij Danzig.'

Mark streelt me over mijn rug. 'Nog even geduld, en dan zul je eens wat zien.'

In het begin wil hij weten waarom ik niet meedoe, niet meega, van het ene feest naar het andere, met ladingen drank en engelse sigaretten en wakker worden in vreemde bedden naast mensen die je niet kent. 'Hier hebben we toch op gewacht?' Later vindt hij het vanzelfsprekend dat ik thuisblijf. De Rode Kruis-berichten, die de dood melden van mijn ouders en mijn zuster, met de naam van het kamp en de datum, stop ik weg in een la. Ik bedek de brieven met andere papieren als iemand die een schep zand in een kuil gooit. Soms sta ik een tijd voor de la, zonder hem open te trekken. Wat wil ik? Ik heb nu zekerheid. Ik kan mezelf niets meer wijsmaken. Het schijnt in mijn opzet te passen dat Mark steeds vaker wegblijft. Ik doe er niets aan.

'Toch zouden jullie het moeten proberen', zegt Karel. Hij vult de glazen bij en zet de fles achter zijn stoel, uit de warmte van de kachel. 'Denk er eens over.'

'Hoe kom jij aan die jenever?'

'Van een drankhandelaar die ik goed ken.'

'Jij kent geloof ik iedereen.'

'Ik heb geen behoefte aan vakantie. Ik heb lang genoeg niets gedaan.'

'Je hoeft daar niet stil te zitten.'

'Voor schilders is het wat anders. Die hebben verandering van atmosfeer nodig.'

'Ik ook.' Weer mors ik jenever en weer ga ik met mijn vinger over de atlas.

'Dit is de beste tijd om te gaan.'

'Jij hebt makkelijk praten.'

'Ik ga alleen.' Ik kijk naar de vochtige lijnen op de

kaart van Frankrijk en drink mijn glas leeg. Ik kan alleen gaan; ik pak mijn koffer en zeg: tot kijk, jullie zien me nog weleens terug. Niemand kan me tegenhouden. Ik sta al op de Haagse weg, waar ik een lift krijg tot aan de grens. 's Avonds ben ik in Parijs. Het is iets van niks. Ik kan niet meer blijven zitten. Ik loop van het ene eind van de kamer naar het andere, roep een paar keer dat ik op reis ga, schop tegen de achterkant van het bed, stoot tegen de tafel en druk het ronde, loszittende blad omlaag. Mijn hoofd wordt warm. Onder mijn haar prikt het. Ik ga op de vensterbank zitten, kijk uit het raam naar de bevroren gracht en zeg dat ik genoeg heb van de koude stad, waar de sneeuwhopen als harde richels langs de stoepen liggen; genoeg van de levenloze bomen, de onttakelde huizen met de dichtgespijkerde venstergaten. Ik had nooit naar Amsterdam terug moeten gaan. En omdat ze niets terugzeggen en niet naar me kijken, roep ik dat ik aan de Côte Vermeille of hoe het daar heet, aan een warm strand ga liggen. Ik houd niet meer op en tegelijk merk ik dat als je maar hard genoeg schreeuwt er naar je geluisterd wordt en niemand je tegenspreekt. En ik spring weer op en vraag waarom de mensen zo graag doen of er niets gebeurd is, waarom ze je kwalijk nemen dat je er nog bent. Ik wil doorgaan, maar Mark zegt:

'Je bent dronken.' Hij zegt het kalm, constaterend. Hij heeft er zich niet voor omgedraaid, hoewel ik op dat moment achter hem sta. Zijn haar valt lang in zijn nek. Er zit een dwarsplooi in zijn jasje, dat hem te wijd is. Karel trekt me aan mijn arm.

'Ga nou eens rustig zitten.'

'Rustig zitten?' Ik voel dat mijn gezicht rood is. Mijn huid tintelt.

'Ik snap niet waarom je zo te keer gaat', zegt Mark. Hij wrijft met zijn vingers over zijn voorhoofd.

'Wat snap jij wel?'

'Wat wil je eigenlijk? Beklaagd worden? Verpleegd?'

Ik sta nog achter hem. Hij zit voorovergebogen, met zijn armen op zijn knieën. Ik wil ja zeggen, en tegelijk nee. Maar ik krijg geen woord over mijn lippen. Misschien heeft hij gelijk. Ik maak het hem niet gemakkelijk. In de kachel knettert iets, alsof er een stuk hout in is gegooid. Onder de klep ligt het vol peuken en sintels. In de vloer eromheen zijn bruine plekken geschroeid. Mark kijkt op zijn horloge en staat op.

'Het is nog vroeg, zie ik. Ik ga nog even weg.' Hij zegt het zonder me aan te kijken. Ik geef geen antwoord.

Als hij de kamer uit is, ga ik op de divan liggen en vraag om nog een glas. Karel schudt zijn hoofd. 'Je hebt genoeg gehad.'

'Ik ben niet dronken.' Ik hoor de buitendeur dichtslaan.

'Ik vond het een goed idee van mezelf om jullie...'

'We hadden nooit moeten trouwen.'

'Het komt wel goed. Hij is wat losgeslagen. Maar wie niet?'

'De een los- en de ander vastgeslagen. 't Is mooi verdeeld. Vind je mij sentimenteel?'

'Soms.'

'Och, zo zijn wij.'

'Wie wij?'

'Wij joden. Wij hebben een aantal gemeenschappelijke kenmerken.'

'Vind je?'

'Ik niet. Maar "men" vindt dat. Jij?'

'Ik zie geen verschil.'

'Ze vinden ons sentimenteel, sensueel, zwaarmoedig, tobberig, handig, vreemd...'

'Hou er eens over op, alsjeblieft!'

'Geef me toch maar iets te drinken.'

'Ik heb een zwak voor Mark.'

'En voor mij?'

Karel vult de glazen. Ik strek mijn arm uit.

'Kun je liggend drinken?'

'Ja, kijk maar. Ik druk alleen mijn kin tegen mijn borst. Ik beweeg verder niets.' Voorzichtig neem ik een slok.

'Zie je? Bewoog mijn lichaam?'

'Nee.'

'Hoe vind je 't?'

'Mooi.'

'Het kunstje of...'

'Allebei.'

'Hij zal wel weer lang wegblijven, denk je niet?'

Karel komt op de divan zitten. Ik leg mijn hand op zijn schouder. Als hij zich vooroverbuigt om te drinken is zijn gezicht vlak bij het mijne. Hij blijft even in die houding, zet onze glazen op de grond en kust me. We omhelzen elkaar. Zijn handen gaan over mijn borsten.

'Wacht.' Ik trek mijn trui uit, en in de paar seconden dat mijn hoofd bedekt is voel ik zijn mond op mijn lichaam. Zijn lippen strijken langs mijn huid.

Een week daarna laat ik Mark mijn reisbiljet zien. Hij kijkt er van op. Hij is mijn uitbarsting al vergeten en niet gewend dat ik iets doorzet, dat ik iets anders doe dan wat rondhangen, kijken naar de ruïne van het huis naast ons, naar de schuit voor de deur, waar de vrouw haar klanten ontvangt, en wachten op hem, tot hij thuiskomt, tot ik hem zie aankomen op de brug, 's avonds laat, als de schim van de man van negen uur, of vroeg in de morgen, wanneer de mist over het water hangt.

'Hoe ben je aan het geld gekomen?'

'Geleend.'

'Van wie?'

'Via Karel.'

'Wat zouden wij zijn zonder Karel?'

'Hij is een man waar je van op aan kunt.'

'Hoe wil je het terugbetalen?'

'Van de schade-uitkeringen die me beloofd zijn.'

'Maar dat geld zullen we hard nodig hebben voor hier, voor kleren en meubels en...'

'Dat kan nog best even wachten.'

'Nou goed. Je gaat maar. Ik red me wel.'

'Daar twijfel ik geen moment aan.'

'Sepha, je moet niet denken dat ik blij ben dat je weggaat.'

'Het wordt wel een stuk eenvoudiger voor je.'

'Voor jou ook, hoop ik. Misschien ga je daarginds inzien wat je aan het doen bent.'

'Wat ben ik aan het doen?'

'Je bent bezig iemand een schuldgevoel te bezorgen. Om wat er gebeurd is.'

'Jou? Denk je dat?'

'Ik weet dat je het niet bewust doet.'

Ik wil hem opnieuw uitleggen waarom ik wegga, ik wil hem zeggen dat zijn bewering niet helemaal onjuist is, maar het lijkt wel of we deze dingen niet uit mogen praten, er komt altijd wat tussen. Op dit ogenblik komt Tinka binnen.

'De deur stond open.'

'Ja, het slot is weer eens kapot.'

'Ben je nog niet klaar?'

'Bijna.' Hij staat zijn das te strikken. 'Ik ga zó mee.' Terwijl ze naar de raamkant loopt zit ik op één knie voor de kachel. Haar schoenen zijn smetteloos, of ze er nog geen stap mee op straat heeft gezet. De naden van haar nylons zitten kaarsrecht. Met de pook stoot ik de brokken cokes uit elkaar, tot er weer vuur te zien is. Ik hoor Mark iets mompelen over een zakdoek die hij niet kan vinden. Tinka leunt op de vensterbank.

'Mooi uitzicht heb je hier.'

'Heb je 't nooit gezien dan?' Ik sta op.

'Niet met sneeuw.'

'Ik kijk er dikwijls naar.'

'Dat geloof ik graag.'

'Het verveelt nooit.'

'Woont er iemand op die schuit? Er komt rook uit de pijp.'

'Er woont een vrouw op, die met iedereen in bed kruipt. Tegen betaling dan. 't Is gewoon 'n hoer.'

'Wie?' Mark knoopt zijn jas dicht.

'Onze overbuurvrouw.'

'O, die drel.' Hij loopt naar de deur. 'Nou, we gaan even, als je 't niet erg vindt.'

'Jammer, dat je niet mee kunt.' Tinka draait zich naar me om. Een bol, enigszins glimmend gezicht, waar het blonde haar royaal omheen hangt. Lichtgrijze ogen.

'Amuseer je.' Als ik ze de trap hoor afgaan merk ik, dat ik met de hete pook op de vensterbank heb gesteund. Er blijft een bruine moet achter.

Van het erf van een van de huizen beneden mij steeg rook op. Een man en een jongetje waren bezig afval te verbranden. De man prikte met een stok in de smeulende hoop. Toen er vlammen oplaaiden, gooi-de het jongetje takken en kartonnen dozen op het vuur. De blauwe walm dreef langzaam in de richting van het dorp, naar de cipressenlaan, waarachter het kerkhof lag. Ik richtte me op. Tussen de bomen door zag ik een kleine processie gaan, vier misdienaars en een priester, in zwarte togen en witte koorhemden. Een van de jongens droeg een koperen kruis op een zwarte stok; de jongen naast hem een wijwatervat. Ze liepen bijna op een draf, met wapperende rokken en hoekig bewegende schouders, alsof monsieur le curé hen voortdurend tot spoed aanzette. Hij was de laatste die om de bocht van de weg verdween. Ze zouden dadelijk het hek met de zilveren krullen doorgaan, de ingang van het kerkhof. Ik was er een paar keer geweest. Ik had over de met schelpgruis bedekte paden gewandeld langs de dodenhuisjes: fa-mille Soubira, famille Gastaud, famille Camou, fa-mille Rouanet, dode families, onder één dak bijeen, achter groengeverfde ijzeren deuren, voortuinen vol bloemen, smeedijzeren toegangspoorten. De dood kreeg er iets genoeglijks.

Weer hoorde ik in de verte een trein fluiten. Waarom kwam Mark?

'Hij schijnt nu bij T. te wonen', schreef Yona, 'maar zeker weet ik het niet. Ik ben niet meer bij hem langs geweest sinds jij weg bent. Misschien had je niet weg moeten gaan, en de mogelijkheid van een 'reparatie' open moeten houden. Maar waarom eigenlijk? Wat begrijpt hij van jou? Je zit daar goed. Ik vind dat je altijd moet toegeven aan wat er op een bepaald mo-ment bij je opkomt. Ze houden met jou ook geen rekening.

Ik heb mijn baantje bij de Stichting laten schieten. Je

zult er niet van staan te kijken. Ik kon het niet meer. Ik werd er beroerd van. Ik ben nu aan het schilderen. Er zit ook een opdracht in de lucht om een boek te illustreren. Laat ik nu ook eens relaties hebben. En ik heb een beetje geld gekregen. Het lijkt haast of het leven weer gewoon gaat worden, wanneer je tenminste geen krant inkijkt. In Duitsland beginnen de nazi's weer actief te worden, hakenkruisen op muren, grafschennis op joodse begraafplaatsen. Je zit daar goed [schreef ik al], je ziet daar waarschijnlijk geen kranten en anders, in een vreemde taal komt het misschien minder hard aan. Gisteren maakte ik zelf nog iets mee waardoor ik dacht: het is niet allemaal zo gewoon als je je probeert wijs te maken. Ik liep door de Plantage. Tegenover Artis kwam me een jongen achterop met een mand op zijn fiets, zeg maar slagersjongen. Hij reed me langzaam voorbij, keek me aan of hij me herkende en riep: 'Hé Sara, ben je d'r nog?' Je hoeft natuurlijk niet te gaan hangen op zoiets, je kunt het best beschouwen als een soort begroeting, echt op zijn amsterdams, maar je weet hoe ik ben...'

Hoewel het bijna een jaar geleden is dat ik haar voor het laatst gezien heb – die avond in het Weesperpleinziekenhuis – herken ik onmiddellijk haar stem. Ik roep dat ze boven moet komen en als ik haar op de trap hoor, ga ik vlug naar binnen, kijk om me heen, verzet een stoel, raap een krant op, schuif met mijn voet een paar sloffen onder de divan. Ze staat al in de deuropening voor ik terug ben op de gang. Ze heeft een oude regenjas aan, die haar te lang is. Haar gezicht is mager, haar neus opvallend scherp onder de bril met het zwarte montuur.

'Je zit hoog.'

'Kon je 't makkelijk vinden?'

'Waarom niet? Ik ken de buurt goed.'

'Je hebt hier zeker ook ergens gewoond?'

'Nee, wij niet. Mijn tante. Die woonde aan de Groen-burgwal.'

'Is jullie huis er nog?'

'Nee. Dat heb ik je toch al verteld.' Ze zegt het alsof ze het een paar minuten geleden gedaan heeft. Ze maakt een ongeduldig gebaar met haar arm, trekt haar jas uit en gooit hem over een stoel. 'Ook een ouwe troep hier. Weet je dat er een kledingbedrijf in heeft gezeten?'

'Ik weet 't. Je kunt het nog zien aan die plekken op de vloer. Daar hebben de machines gestaan.'

Ze loopt naar een van de ramen. 'Het Oost-Indisch Huis. Verrek. Nog steeds achter ieder raam een mannetje met 'stukken'. Ik deed hier vaak bood-schappen voor mijn tante. Kaas halen bij Wegeman, aan de overkant. Zijn vrouw droeg een pruik.'

'Die draagt ze nog.'

'Vis halen aan de stalletjes op de Nieuwmarkt. En kruiden bij Jacob Hooy. In van die witte puntzakjes, waar mannen in gele stofjassen de namen op schre-ven. Het rook er zo lekker. Ik was altijd blij als ik lang op m'n beurt moest wachten.'

'Waarom ga je niet zitten? Mark zal zo thuiskomen. Ik had je nog bericht willen sturen toen we gingen trouwen, maar ik wist niet waar je zat.'

'Zijn jullie getrouwd?' Ze neemt de stoel die naast de kachel staat.

'Kort na onze liftreis, in augustus.'

'O, toen al.'

Het is maar een paar straten naar het stadhuis; de

brug over, Rusland door en de hoek om bij de Oude Zijds Voorburgwal. Karel en een paar vrienden die op de bovenverdieping en in het huis naast ons gezeten hebben gaan mee. Ze dragen nu andere namen. Sommigen hebben hun snorren afgeschoren en zijn in hun nette pakken nauwelijks meer te herkennen. Ik voel me onbehaaglijk in mijn geleende jurk, die me te strak zit. Ik staar naar de koperen ring aan mijn vinger. Hij geeft zwart af doordat mijn handen klam zijn. Boven mij hoor ik de stem van de ambtenaar, die de ontbrekende familieleden memoreert. 'Maar na de donkere periode welke achter ons ligt, is nu voor u beiden het geluk weggelegd.'

In de keuken maak ik twee filters. Ik ben er een tijdlang van overtuigd geweest dat Yona in het huis naast ons gewoond heeft. Maar ik vraag me nu af waarom ik daar zo zeker van was. Er zijn zoveel grachtenhuizen leeg achtergelaten en neergehaald. Als ik met de koffie binnenkom is ze bezig met een loshangende knoop van haar vest. Ze draait de draad aan de achterkant er omheen. Ze heeft lange, benige vingers.

'Waar woon je nu?'

'Ik heb een zolder gevonden aan de Leidsegracht.'

'Is het iets?'

'Ja, goed licht. Ik schilder af en toe, als ik tijd heb.'

'Ik wist niet dat je dat deed.'

'Ik heb niet veel talent. Ik had in muziek door willen gaan. Na mijn hbs-tijd wou ik naar het conservatorium. Het is er niet van gekomen.'

'Was die koffer er nog, die je destijds op zou halen?'

'Nee, die was weg. Ergens anders gebracht, en toen verdwenen. Heb jij spullen teruggehad?'

'Het een en ander.'

'Je moet ook niet het uiterste van de mensen vergen. Heb je iets te roken? Ik heb mijn sigaretten op kantoor laten liggen.'
'Werk je?' Ik geef haar de shagdoos.
'Ja, voor halve dagen. Bij de Stichting '40-'45.'
'Waarom in godsnaam daar?'
'Ik moet toch wat doen.'
'Maar waarom juist daar? Er is genoeg te krijgen.'
'Ik vond 't net iets voor mij.' De knoop zit weer vast. Ze strekt haar benen, plant haar voeten op de grond, met de tenen naar boven, zodat ik er tegen aan kijk. Ze staan ver uit elkaar, als de voeten in de Zuiderkerk. 'Ik heb altijd willen weten hoe het precies gebeurd is. Ik luister naar de verhalen die de mensen komen vertellen. Ik verplaats me in hun gedachten, ik probeer in hun huid te kruipen. 't Is natuurlijk een goedkope vorm van solidariteit. Een van onze vaste klanten is een meisje dat in een hele serie kampen heeft gezeten. Ze werd opgepakt toen ze zeventien was. In een van de kampen kwam ze in de experimenteerbarak. Ze hebben nogal met haar geknoeid. Haar armen en haar hals zitten vol littekens. Ik word soms een beetje bang van haar. Ze heeft een harde, schelle stem, die door het hele kantoor snijdt. Ze scheldt op alles en iedereen. Op een keer zei ze tegen me: "Jij hebt lekker in je hokje kunnen zitten, hè. Er is zeker geen vinger naar je uitgestoken." Wat moet je daarop zeggen?' Ze wrijft over haar nek. Ze draait nog steeds van die ongelijke sigaretten, dik in het midden, aan de punten dun uitlopend. 'Ik weet nu alles. Er komt ook een man die de kleren moest inzamelen van de mensen die na aankomst meteen werden doorgestuurd naar de gaskamers. Hij is ten slotte zelf niet meer aan de beurt gekomen. Zie jij het

wel eens voor je?'
'Ja.'
'En dromen? Droom je ervan? Zie je ze in je droom?'
'Ik droom dikwijls van mijn vader. Ik loop met hem naar een huis, dat aan het eind van een donkere, gladde weg staat. Ik heb het gevoel dat de weg beijzeld is. Als we voor het huis staan, ziet het er leeg en verlaten uit. We gaan naar binnen en lopen door lange gangen, met aan weerskanten deuren. Elke keer als we een deur opendoen zien we een paar mensen zitten. Vreemde mensen. Ze kijken niet naar ons of naar elkaar en ze bewegen zich niet. Iedere kamer geeft weer verbinding met een andere. Ze zijn geen van alle leeg. En toch maakt het huis een volkomen lege indruk. Soms zie ik mijn vader op een grote vlakte. De grond is er wit en hobbelig. Ik sta van een afstand naar hem te kijken en wacht tot hij naar me toe zal komen. Maar dan zie ik van de andere kant mijn zuster naderen. Ze lopen naar elkaar toe en gaan samen verder, zonder op mij te letten.'
'Hadden jullie een grote familie?'
'We waren met zijn vieren.'
'Nee, ik bedoel de hele familie.'
'Met alle neven en nichten meegerekend kom ik tot ruim zestig. Ik heb het na kunnen gaan aan de hand van de Rode Kruis-brieven.'
'Ik kwam tot negenendertig.'
'Heb jij alleen in Aalten ondergedoken gezeten?'
'Nee. Ik heb eerst een paar weken op de Veluwe gezeten, in de kelder van een dorpsonderwijzer. We waren daar met ons vijven. Het was er kil en vochtig. Voor de kelder had je een nauw gangetje naar de trap. De kelderdeur kwam uit op de gang. Die onder-

wijzer was bang, dat merkten we wel. We mochten er nooit uit en moesten ons doodstil houden. Op een morgen had een van ons zich opgehangen boven de keldertrap. Een jongen van een jaar of twintig. Hij had het gedaan toen wij sliepen, met het touw dat om zijn eigen koffer zat. Toen we het ontdekten was hij al koud. Ik heb alleen naar zijn voeten gekeken. Ze bewogen. Heel langzaam draaiden ze een halve slag om en weer terug. Wij konden er niet meer blijven. Ik geloof dat ze hem de avond daarop ergens langs de weg hebben gelegd, in een droge sloot. Het was een jongen met een rond, kinderlijk gezicht.' Ze duwt de peuk van haar sigaret in de asbak en blijft er even op drukken. 'Alles gaat gewoon door', mompelt ze. 'Je vraagt je soms af hoe het kan, en je voelt je schuldig.'

'Schuldig?'

'Ja.'

'Waarom?'

'Omdat we er nog zijn.'

'Daar hebben we het al eens over gehad.'

'Omdat we niets gedaan hebben om de anderen tegen te houden.'

'Dat was onmogelijk.'

'Omdat we alles maar met ons hebben laten doen. Daarom.'

'Het heeft geen zin daar nu nog op terug te komen.'

'Jij kunt 't toch ook niet van je afzetten?'

'Ik probeer 't.'

'Jij hebt ten slotte Mark. Dat scheelt.'

Wat kwam hij doen? Wat wilde hij, met zijn kamer apart? Eerst de boel verkennen, en dan voorzichtig toenadering zoeken? Misschien had Tinka al genoeg van hem gekregen of hij van haar en was ík nu weer goed. Ik had mijn plek boven de vignes verlaten en klom langs de steenheuvel omlaag naar het pad achter de huizen. De rook van de smeulende afval woei in mijn gezicht. Hij was zo scherp, dat ik mijn ogen dicht moest knijpen. Ik zou niet naar het station gaan. Ik zou hem alleen aan laten komen, de weg laten vragen, met zijn koffer naar de Ponsaillers laten lopen, voor niets. 'Madame is vanmorgen vroeg vertrokken. Ze heeft niet gezegd waar ze naar toe ging.'

– Ik heb mijn koffer al gepakt, maar nog niet dichtgedaan. De kachel is uit, de ruiten zijn dik bevroren. Ik loop heen en weer en kijk of ik nog iets vergeten ben. Ik neem het tuiltje bloemen dat Mark me op onze trouwdag gegeven heeft van de muur. Het is verdroogd en verkleurd. Ik blaas er over en er vliegt een wolk stof af.

'Wat doe je?' Ik heb haar niet binnen horen komen. Ze heeft een camelkleurige montycoat aan en een wollen sjaal om haar hoofd. Haar neus is rood. Haar gezicht is wat voller geworden de laatste tijd. Soms maakt ze zich zelfs op. Ze kijkt naar het tuiltje en van daar naar de koffer. 'Neem je het mee op reis?'

'Allicht niet.'

'Ga je het weggooien?'

'Wat anders?'

'Het brengt ongeluk als je het weggooit.'

'Ik wist niet dat jij bijgelovig was.'

'Ik niet. Maar jij toch?'

'Ik riskeer 't.' Ik duw de verdroogde bloemen in de kachel, doe er een krant bij en steek hem aan. Het knettert even en er is een zoevend geluid alsof alles meteen door de schoorsteen gaat. 'Het is zó weg en je ruikt er niet eens veel van.'

'Ik ben verkouden. Ik ruik niets.'
'Ga mee naar het zuiden.'
'Goed idee. Maar je komt er wel wat laat mee.'
'Had je mee gewild?'
'Ik heb wel wat anders te doen.' Ze snuit haar neus en wrijft over haar stijve wangen.
'Heb je 't zo druk?'
'Ik heb van alles onder handen. Ik ben ook iemand zijn bibliotheek aan het ordenen. Hij is van een man die zijn boeken ergens had opgeslagen en ze netjes thuisbezorgd kreeg toen hij weer opgedoken was.'
'Zoiets komt toch ook voor.'
Ze haalt een paar pakjes sigaretten uit haar tas en gooit ze in de koffer. 'Van kantoor meegejat.'
Ze brengt me naar het station. We lopen langs de Geldersekade, waar de sneeuw zo hoog op de stoepen ligt dat we de rijweg moeten nemen. Auto's slingeren bruine modder in het rond. Een paar meeuwen staan doodstil op het ijs in de gracht, waaruit stukken roestig ijzer omhoogsteken. Misschien is het hier gebeurd. Of toch op de Groenburgwal, waar haar tante woonde? Ik ben er nooit verder op ingegaan, net zo min als ik haar gepolst heb over het huis. Ik wil dat ze er zelf over begint. Wat weet ik eigenlijk van haar; ze praat alleen maar met me over wat ze kwijt wil, de oorlog, haar onderduikmisères, de kampen, een enkele keer over haar jeugd en dan nog voornamelijk over haar vader. Maar wanneer ik op haar zolder zit, waar ze altijd aan iets bezig is, en de dingen zie waarmee ze zich opnieuw geïnstalleerd heeft, haar schildersgereedschap, haar boeken, haar pick-up met de klassieke platen, is het of ik bij iemand ben die ik voor het eerst ontmoet. En ik verdenk haar ervan dat ze mij met opzet buiten een wereld houdt

die het leven weer normaal voor haar maakt.

Op het perron wacht ze tot de trein zich in beweging zet. Ze loopt mee. Ik buig me voorover om haar nog een hand te geven.

'Val er niet uit!' roept ze.

'Waarom zou ik?'

Ik draai het raam dicht en leg mijn bagage in het net. De coupé is leeg, ik kan gaan zitten waar ik wil. Ik kies een hoekplaats. Buiten de kap van het station slaat het wit van de besneeuwde emplacementen als een opklaring door de ruit.

'Madame, madame!' hoorde ik roepen. Janine kwam achter me aan hollen. 'Le train, madame, vite, vite!' Ze rende me voorbij, haar donkere vlechten zwiepend op haar rug of ze zichzelf er mee opjoeg. Had ze me overal in het dorp lopen zoeken? Ze kwam er wel voor uit dat ze nieuwsgierig was naar mon mari. Je had kans dat hij deed of er niets gebeurd was, dat hij nergens over praatte en gewoon vakantie kwam houden. Ik zou hem niets vragen. Ook niet als hij na een week zou zeggen dat hij weer terug moest.

Door de controle kwam een man met een strooien hoed op en een kleine jongen aan zijn hand. De man nam zijn hoed af en zwaaide naar iemand in de verte. Achter hem verschenen drie vrouwen met manden, dozen en karbiezen. Ze waggelden, op elkaars hielen, naar buiten als eenden uit hun kooi. Een oude man met o-benen. Een non in grijs habijt. Ze had een glasbril op met dunne metalen veren. Daarachter kwam Mark, zijn hoofd precies boven de gesteven kap van de non. Hij droeg een zwarte winterjas.

'Je ziet er goed uit.' Hij zette zijn koffer neer en kuste

me op mijn wang. Zijn gezicht rook naar tabak en een nacht zonder slaap in de trein.

'Heb je 't niet warm in die jas?'

'Het vroor zeven graden toen ik wegging.' Hij deed zijn jas uit. 'Je hebt gelijk. 't Is warm hier. In de trein merkte ik het eigenlijk al. Ik heb hem alleen voor het gemak aangetrokken.' Hij vouwde de jas op, met de voering naar buiten, en nam hem over zijn arm.

'Kan hij niet in je koffer?'

'Nee, die is vol.'

'Wou je lang blijven?'

'Misschien. Als je 't goed vindt.'

'Ik vind het best. We moeten deze kant op.'

Het pleintje was nu leeg. Na Mark waren er geen reizigers meer uit het station gekomen. Ik trok hem aan zijn arm mee naar de kant van de weg, in de schaduw van de cipressen. We liepen langzaam. Zijn koffer stootte tegen mijn been en hij nam hem in zijn andere hand. Terwijl ik naar zijn gezicht keek, de scherpe vouwen langs zijn mond, de smalle rechte neus, en naar zijn haar dat nog altijd lang in zijn nek viel, kreeg ik een gewaarwording die ik al eerder had gehad. Een gevoel dat ik hem langer kende dan die drie jaar. Veel langer dan de dag dat we voor het eerst met elkaar naar bed gaan, de avond dat we zitten te lezen bij het licht van kaarsen die een van de jongens uit de Mozes- en Aaronkerk heeft gestolen.

'Ze ruiken naar wierook', zegt Mark en hij begint een gregoriaans lied te zingen.

'Ik wist niet dat je katholiek was.'

'Ik ben renegaat, sinds mijn vijftiende. Als jongen al liep ik zondags meer langs de kerk dan dat ik er in ging. Maar ik kom niet uit een vroom nest. Mijn

moeder geloofde het wel, en mijn vader nauwelijks.'

'Ging je biechten?'

'Ja, dat hoorde er bij. Maar toen ik op een keer merkte dat ik niet ter plaatse dood neerviel nadat ik een
zonde verzwegen had en toch te communie was gegaan, begon ik het anders te zien. De angst viel weg.
En angst houdt de schapen binnen.'

'Misschien was het geen zonde.'

'Jawel.'

'Wat had je dan gedaan?'

'Met meisjes in de bosjes gezeten.' Hij lacht. 'Onkui-
se spelletjes. Hun broek uittrekken en voelen. Ze lieten het graag toe. Ik zou verzachtende omstandig-
heden hebben kunnen aanvoeren, want ze provo-
ceerden. Ik was toen een jaar of tien.'

'Je was er vroeger bij dan ik.'

'Maar jij hebt het intussen wel ingehaald.' De kaarsen verlichten zijn gezicht van onderaf. Ik zie hoe hij
even zijn tanden op zijn onderlip drukt. Het is een
teken dat ik begrijp, alsof hij nooit een vreemde
voor me is geweest.

Hij deed het nu weer.

'Zal ik je jas dragen?'

'Nee, het gaat best zo.'

'Je had hem niet mee moeten nemen.'

'Ik zei je toch al dat het koud was. Er ligt nog
sneeuw.'

'Hier heeft het ook gesneeuwd. Toen ik aankwam
vertelden ze me dat er in geen honderd jaar zoveel
sneeuw was gevallen.'

'Dat schreef je.'

'O, je hebt 't gelezen.'

'Waarom zou ik je brieven niet lezen?' Hij kijkt voor

zich uit, met opgetrokken wenkbrauwen. 'Je wilt dus hier blijven?'

'Voorlopig wel. Het bevalt me. Ik wil zien hier wat te gaan doen. In het najaar druiven plukken. Dat betaalt behoorlijk.'

'Het zal je niet meevallen.'

'Ik zie er niet tegen op. Ik wil ook nog naar Noord-Afrika, met een vrachtboot.'

We hebben afgesproken elkaar te ontmoeten op het terras van La Marenda in Banyuls. Gilbert moet eerst een paar zaken afhandelen voor zijn vader, die wijnbouwer is. Het valt me mee dat hij iets uitvoert. Hij zegt dat hij economie gestudeerd heeft in Toulouse. Ik loop langs de baai in de richting van Cap Doune en kom voorbij het huis van Aristide Maillol, dat in een dichtbegroeide tuin ligt. Tussen twee eucalyptusbomen staat een bronzen vrouwenfiguur. Haar borsten en haar buik zijn goudkleurig, of ze geregeld gepoetst worden. Boven zee hangt een donkere lucht. Het wordt kouder. De tramontane steekt op. Ik ga terug, tegen de wind in, die aan de kruinen van de palmen rukt, luiken laat klepperen, een sneeuwbui van schuimvlokken over het keienstrand blaast. Het uithangbord van La Marenda zwiept knersend heen en weer. Op het terras haalt een kelner de tafelkleedjes binnen.

Achter een van de ramen kijk ik uit over de lege promenade.

'De man met wie je gisteren in de Fontaulé zat te praten, die vaart toch op Algiers, niet?'

'Antoine bedoel je?'

'Hoe hij heet weet ik niet.'

'Antoine Sagols.'

'Neem hij wel eens passagiers mee?'
'Waarom? Wou je naar de overkant?'
'Ja, ik wil naar Algiers. Over een tijdje.'
In het marmeren blad zitten rode aders, waarvan er
een verdwijnt onder het notitieboek van Gilbert. Hij
zit te cijferen, met een potlood dat hij van de kelner
heeft geleend. De blauwe trui die hij draagt geeft zijn
tanige huid iets paarsigs. Het kan ook door het licht
komen. Hij blijft cijferen, ingespannen, alsof zijn som
niet uitkomt.

'Je hebt nogal wat plannen. Wou je ook nog eens terugkomen?' Hij zette zijn koffer neer en legde zijn
jas er op. We stonden hoog. Links van ons was een
stuk van de baai te zien met de vuurtoren; in de verte
rechts begonnen de kale uitlopers van de Pyre-
neeën.
'Dat ook.' Ik wees hem de asfaltweg die achter de
baai omhoog liep, de heuvels in. 'Zo ga je naar Port-
Vendres.'
'Ben je daar al geweest?' Hij wreef met zijn zakdoek
over zijn gezicht.
'Ik kom er geregeld. Je kunt het lopen. Het is een
mooie weg. Er gaat ook een bus naar toe.'
'Is het net zoiets als dit?'
'Nee. 't Is een kleine haven. Ik ben er eens op een
avond vandaan komen lopen nadat ik een hele fles
wijn had gedronken.'
'Had je op je eentje zitten drinken?'
'Met vrienden.'
'Vrienden heb je hier ook al?'
'Ja.'

De tramontane waait nog steeds. Het is over tienen

als we op de donkere promenade staan, die nat is van rondvliegend schuim. De zee slaat tegen de witte rompen van de vissersboten hoog op het strand. Ik heb gezegd dat ik alleen terugga. We hebben de hele avond in La Marenda gezeten met vrienden van Gilbert, meest Catalanen. Van wat er gezegd wordt begrijp ik maar een tiende. Ze drinken pastis en omdat ik daar niet van houd heeft Gilbert een fles wijn voor me besteld. Hij probeert me de moppen uit te leggen die verteld worden. De meeste pointes ontgaan me door het aanhoudende gelach. Ik krijgt er genoeg van, het vermoeit me, ik heb het gevoel dat ik er bij zit voor evenveel, al lachen de vrouwen in het gezelschap me voortdurend toe, wat me ook hindert. Misschien maakt de wijn me recalcitrant. Als we buiten staan bonst mijn hoofd, er is een druk op mijn maag; ik zou hard weg willen hollen.

'Ik laat je niet alleen gaan. De laatste bus rijdt niet verder dan Port-Vendres.'

'Dan loop ik de rest.'

'De weg is niet verlicht.'

'Ik kan het vinden met mijn ogen dicht.'

'Maar de tramontane...'

'Ik kom uit een land waar het altijd waait.'

'Ik ga mee.'

'Nee, Gilbert. Laat me.'

'Blijf hier logeren.'

'Nee.'

'Goed. Dan neemt ik vannacht iemand anders.'

'Merde!' Ik sla zijn hand weg die om mijn bovenarm knelt en draai me om.

'Sepha, petite sotte!' Hij schreeuwt het me achterna terwijl ik het op een lopen zet, het donker in, een immens gat vol wind, vlagen die aan mijn jas rukken, mijn haren voor mijn gezicht slaan, het zeewater tegen mijn benen doen spatten.

'Zullen we maar weer?' Mark nam zijn koffer op. Hij zag er uit als de eerste vreemdeling van het seizoen, onwennig op zijn zwarte hollandse schoenen en met zijn zwarte jas. 'Ik kan me voorstellen dat je niet graag terug wilt.' Hij kwam dicht naast me lopen. 'Je hebt hier niet veel nodig, je leeft goedkoop.'
'Je ziet er goed uit.'
'Dat zei je al.'
'Ik zeg het nog eens, als ik mag. Je hebt er nog nooit zo goed uitgezien. Zo ken ik je niet.'
'Nee? Dat is dan een winstpunt.'
'Moeten we nog ver?'
'Zie je dat witte huis? Daar is het.'
Ik wees hem het huis van de Ponsaillers. Het stond hoger dan de andere huizen in dit deel van het dorp. De mimosaboom was een zachte gele vlek voor het balkon met de groene spijlen. Ik zag Janine even naar buiten komen en meteen weer naar binnen rennen. Die ging zeggen dat hij er aankwam. Ik had hem maar niet verteld dat iedereen van zijn komst op de hoogte was, dat hij al verwacht werd nog voor hij plannen had om te komen. Ze kenden hem. Ze wisten waarom hij kwam. Ze wisten meer dan ik. Ik ging hem voor door het tuinhek. Er was niemand te zien. Ze zaten achter het keukenraam naar ons te kijken, we ontkwamen er niet aan. De buitendeur stond open, en daar was de stem van madame Ponsailler: 'Madame Courtis, madame Hollet, venez, le voilà, le jeune mari, le voilà...'
Ze verdrongen elkaar in de deuropening van de keuken, gluurden over elkaars schouders, kwamen de

gang in, voor ons de familieleden, achter ons de buurvrouwen, en Mark, duidelijk van zijn stuk, schudde handen en gaf eenlettergrepige antwoorden op lange vragen over zijn reis en of hij had kunnen slapen in de trein en hoe hij vond dat ik er uitzag en wat hij vond van het land – pays pittoresque et plaisant, pays de lumière, de soleil et de joie, ik kende de aanprijzingen uit mijn hoofd, ze waren niet overdreven – en we knikten en liepen de trap op, voelden hoe ze ons met hun ogen naar boven duwden, tot op het donkere portaal, waar we tegen elkaar aan botsten en ik de deurkruk zocht.

De kamer was koel en schemerig. De jaloezieën waren neergelaten. Over het donkerbruine zeil viel de schaduw in strepen. Er was opgeruimd. Het mandje met boodschappen stond op tafel.

'Dit is mijn kamer.' Ik trok de jaloezieën op en wees om me heen. De wastafel van gemarmerd hout met de kom en de lampetkan, de verbleekte prenten op het mosgroene behang, de twee stoelen, het grote bed met de gehaakte sprei, de spiegelkast, het portret van de oude monsieur Ponsailler, de lamp waarover een roodzijden doekje hing met kwasten er aan. 'Van mij', zei ik en ik tikte tegen de kwasten zodat hij kon horen dat er belletjes in zaten.

'Krankzinnig', zei Mark. Hij had zijn jasje uitgetrokken. 'Belletjes aan een lamp. Wie is die speelse geest hier?'

'Ik zie de Ponsaillers er niet voor aan. Misschien iemand die hier gelogeerd heeft. Hoe vind je 't verder?'

'Een mooie kamer.'

'Ja.' Ze was uniek op dat moment. Ik had het gevoel dat we voor het eerst samen in een kamer waren. Ik hing zijn winterjas in de kast. Ik was blij dat ik hem niet meer zag. Hij had me van begin af aan geërgerd. Voor de kleine spiegel boven de wastafel kamde ik mijn haar. Ik stak mijn handen in het lauwe water van de lampetkan en maakte mijn gezicht nat.

'Wil jij je ook opfrissen?' Ik dacht dat hij achter me stond. Het water liep in de halsopening van mijn jurk, naar mijn buik. Ik rilde even, greep met dichte ogen naar de handdoek.

Hij leunde over de balustrade en rookte. Ik ging naast hem staan en wees op de gesloten deur rechts van ons. 'De andere kamer is hiernaast.'

Hij bleef voor zich uit staren. 'Ik maakte eens met een vriend een fietstocht naar de Ardennen. We hadden een tent bij ons. Het regende, vier dagen aan één stuk door. De vijfde dag werden we wakker van de zon, die door een kier van het zeil naar binnen scheen. We kropen uit de tent en beklommen een heuvel waar we al die dagen tegen op hadden zitten kijken. Toen we boven waren zagen we een landschap voor ons met lange glooiingen, bossen, kleine kastelen en een rivier met stroomversnellingen. We stompten elkaar en begonnen te schreeuwen, de damp sloeg uit onze vochtige kleren en we renden naar beneden, het natte gras van een wei in, door het dolle heen om wat we ontdekt hadden.'

'Wil je die kamer zien?' Ik trok hem mee over het balkon en duwde de deur open. De muffe lucht van een ongebruikt vertrek. Op tafel stond een vaas met mimosatakken, kennelijk neergezet door Janine.

'Een heel andere kamer, kleiner...'

'Eenpersoons.'

'Deze had jij ook kunnen nemen.'

'Ik heb hem niet genomen. Je wou toch een aparte

kamer, dat schreef je me toch?'
'Ja.'
'Je kunt hier rustig werken, als je wilt...'
'Dat is de bedoeling.'
'Ben je nu vast bij de krant?'
'Zo goed als. Ik heb opdracht om een serie reporta-
ges te maken.'
'Je zei dat je geen voorschotten op wou nemen.'
'Ik vond dat ik het nu doen kon.'
'Waarom nu wel?'
'Begrijp je dat niet?'
'Nee, ik begrijp 't niet.'
'Ik was benieuwd naar je, hoe je 't hier had...'
'O ja?'
'Of je alleen was.'
'Met wie zou ik hier moeten zijn?'
'Met iemand die je hier ontmoet hebt.'
'En dat zou je erg vinden.'
'Ik vermoedde al zoiets toen je zei dat je hier vrien-
den had.'
'Wil je me soms chaperonneren?'
'Als ik ongelegen kom, moet je het zeggen.'
'Dat begint goed. Wou jíj me iets verwijten?'
Tegenover elkaar, met het bed tussen ons in. De sprei
lag er volkomen glad overheen. Mijn knieën schoven
langs de houten zijkant.
– Het ledikant van mijn ouders met de bolle kussens,
gesteund door een rol. Als ik er op sla komt er een
kuil in die blijft. Ik trek de sprei recht en ga naar de
wastafel, draai de kraan open en trek mijn pyjama
uit. Ik open de deur op een kier en luister. Er is niets
te horen. Ik ben alleen boven. Ik doe zacht de deur
dicht en draai de sleutel om. Voor de grote spiegel
van de linnenkast blijf ik staan en wrijf over mijn

borsten, voel de stroefheid van mijn tepels tegen mijn handpalmen. 'Het wordt tijd dat je een bustehouder gaat dragen', zegt mijn moeder. Ze heeft er al een voor me gekocht, maar hij is me te groot en ik laat hem uit. Ik doe de linnenkast open en pak een sjaal van de onderste plank, houd hem voor, laat hem langzaam zakken tot mijn middel, buig me voorover zodat mijn borsten groter lijken, bekijk me van opzij. Ik bind de sjaal om mijn buik, leg mijn handen op mijn schaamhaar en kom dichter naar de spiegel toe. Mijn gezicht gloeit. Ik krijg kippevel. –

'Wil je?' Hij hield me zijn pakje sigaretten voor en ik nam er een. Een sigaret betekent respijt, je kunt iets verschuiven, een mogelijkheid zoeken om uit te wijken. Over het bed heen gaf hij me vuur. Er viel een vonkje op de sprei. Een zwarte stip. Hij keek naar me, zijn ene oog dichtgeknepen tegen de rook.

'Je hebt een bruine hals.'

'Allicht. Ik zon hier iedere dag.'

'Ik vind je veranderd.'

'Ik ben niet veranderd. Misschien ken je me niet goed genoeg.'

'Daar heb ik aan gedacht, in Amsterdam. Ik stelde me voor hoe je was.'

'Had je daar dan gelegenheid voor?'

'Ik vroeg me af wat je deed. Ik wou je zien. Ik wou met je praten.'

'We hebben al zoveel gepraat. Het is nooit op iets uitgelopen.'

'Ik weet 't. Maar nu is het anders.' Voor gesprekken als deze scheen je alleen maar gemeenplaatsen tot je beschikking te hebben. Ze waren voorspelbaar, van minuut tot minuut.

'Anders voor jou?'

'Voor jou ook, heb ik 't idee. Laten we teruggaan naar hiernaast.'

We liepen over het balkon, een gang van warme lucht. Ik liet de jaloezieën neer. Mark zette zijn koffer tegen de muur, trok zijn schoenen uit en ging op het bed zitten.

– 'Waar blijf je?' vraagt Gilbert.

Ik sla de rode cape, die onder mijn jurk ligt, weer om. Ik sta aan het voeteneind, hij zit aan het hoofdeind en schenkt wijn in de glazen, die de patronne van het hotel op het nachtkastje heeft gezet. Hij houdt mijn glas bij zich, zodat ik wel naar hem toe moet gaan om het aan te paken. 'Qu'est-que tu veut? Jouer à cache-cache, non?' Hij lacht en trekt de cape van mijn schouders.

Ik wacht nog met drinken. Ik zou alles nog even uit willen stellen, zo nog willen blijven zitten met het glas in mijn hand op de rand van het bed in de hotelkamer waar alleen het licht boven de wastafel brandt. Maar Gilbert pakt mc mijn glas af en legt me achterover. –

'Het lijkt wel of je borsten ook bruin zijn.' Een spelletje, maar het deed me iets, door de manier waarop hij naar me keek, de manier die ik kende.

'Het ís zo.'

'Waar kun je hier dan naakt zonnen?'

'Op het balkon, met een laken over de balustrade. En er zijn een hoop kleine stranden tussen de rotsen. Je moet ze kennen.'

Hij schoof met zijn voet zijn schoenen weg en knikte een paar keer zonder op te kijken, met samengetrokken wenkbrauwen, alsof hij allerlei loerders voor zich zag, die me dagelijks van achter de rotsen lagen te bespieden. Ik kreeg zin om me uit te kleden toen ik zijn gezicht donker zag worden, gespannen en gretig. Maar ik wachtte nog even.

'Ik ben helemaal bruin.'

'Overal?'

'Ja, overal. Kijk maar.' En ik kleedde me uit, ik gooide mijn kleren op de grond, ging voor hem staan, stak mijn armen omhoog en draaide me langzaam om. 'Zie je?'

Hij was opgesprongen en zijn ogen gingen langs mijn lichaam. Hij tilde mijn borsten een voor een op, hij ging met zijn handen over mijn rug en mijn dijen en zijn vingertoppen streelden de binnenkant. Hij kuste me daar.

'Je hebt een mooie huid. Ik steek erg bij je af.'

'Laat zien.'

Ik moest lachen om zijn spierwitte lichaam, dat hij tegen het mijne drukte.

– Ik moet het hem zeggen, denk ik, voor hij het zelf merkt. Hij moet het weten.

Ik trap mijn pyjamabroek, die aan het voeteneind ligt, tot een prop. Mijn tenen blijven even haken in het elastiek.

Hij steunt op zijn elleboog en probeert in het donker mijn gezicht te onderscheiden. De kaars naast het bed is opgebrand. Ik houd mijn armen gekruist over mijn buik. Mijn linkervoet raakt zijn dijbeen.

'Ik heb nog nooit...'

Hij lacht en streelt mijn been, laat zijn hand op mijn knie liggen.

'Je maakt niet de indruk... ik dacht...'

'Ik weet wat je dacht, toen ik zei dat ik met je naar bed wou.'

'Als je wilt dat we...'

'Nee, Mark. Ik wil nu.'
De lucht is iets lichter dan de huizen, die als een vaag aangegeven decor achter het raam staan. Het ritmisch zoemen van vliegtuigen die overtrekken. Ik zou het niet moeten horen. Nu niet. Ik trek hem naar me toe en spreid als vanzelf mijn benen. Zijn bewegingen zijn behoedzaam. De pijn die ik voel wordt snel minder. –

Mijn gestrekte voeten raakten de achterkant van het bed. De lichtstrepen van de bewegende jaloezieën trilden. We rookten een sigaret en omdat de asbak op de grond stond, moest hij zich telkens over me heenbuigen en we begonnen opnieuw.
Op het balkon, in de schaduw van de mimosa, dronken we wijn uit één glas. Misschien stond er in de andere kamer ook nog een, maar ik liet het zo. Er kwam een jongen voorbij met een geit aan een touw. Af en toe sloeg hij het dier op de flanken. Links van de bergen was een grijsblauwe streep – zee of lucht, de afscheiding was niet te zien – en ervoor lag het dorp in een kom van warmte, elke boom, elk huis scherp afgetekend tegen de donkere, naakte hellingen op de achtergrond. Mark bleef er naar kijken terwijl hij me het glas gaf.
'Als je dit ziet... Ik kan je geen ongelijk geven.'
'Je vergeet hier alles. Het gaat vanzelf.'
'Wat deed je gisteren?'
'Gisteren? Toen wandelde ik naar Port-Vendres.'
'Ik zat gisteren, nee, eergisteren, zondag, in de keuken te knoeien met het gaskomfoor.'
'Je moet dat ding eens laten maken.'
'Ja. Maar het gaf in ieder geval warmte, het keukenraam ontdooide er van. Was je in Port-Vendres?'

'Ik kwam onderweg een man tegen met een ezel. Hij vroeg of ik wist hoe laat het was.'

'Kende je hem?'

'Nee. En ik wist 't niet precies. Ik dacht dat het een uur of drie was.' Ik schonk het glas vol. Er zat niet veel meer in de fles.

'Lekkere wijn.'

'Gewone landwijn. Je zult 't verschil proeven als je Banyuls drinkt, de wijn van de streek hier.'

'Heb je die vaak gedronken?'

'Een paar keer.'

'Alleen?'

'Het is geen wijn die je op je eentje drinkt.' Twee meisjes werden op het pad nagezeten door twee jongens in blauwe overalls. Joelend verdwenen ze om de hoek.

'Hoe lang wil je blijven?'

'Ik weet 't nog niet. Het hangt er van af...'

'Waar hangt 't van af?'

'Ach...' Hij maakte een gebaar alsof hij iets over de balustrade gooide. Hij keek omlaag en zijn haar viel naar voren. Met zijn vingers streek hij er doorheen. 'Het was niet zo makkelijk om me vrij te maken.'

'Heb je je geld behoorlijk kunnen wisselen?'

Hij knikte. 'Erg voordelig zelfs. Tinka kende iemand op een bank, een neef van haar. Van hem heb ik ook de tip gekregen hoe ik het geld het best mee over de grens kon nemen. Gewoon in een dichtgevouwen krant. Geen centje pijn. De franse douane pikte wel een Belg die tegenover me zat. Hij had zijn francs uit zijn zak gehaald en in zijn schoen gestopt. En mijn jas hing naast me, met de krant er half uit. Ik hoefde alleen te laten zien wat ik in mijn portefeuille had.'

De lege wijnfles was over het balkon gerold en in de

kier tussen de balustrade en de cementen vloer blijven steken. We keken er allebei naar. Hij was nu een paar uur hier. Ik had er al die tijd op gewacht dat hij haar naam zou noemen. Ik had er zelfs min of meer op aan gestuurd. Maar nu hij gevallen was, als een stuk kalk dat opeens uit het plafond naar beneden komt, moest ik even zoeken naar een reactie. Mark leunde weer over de balustrade. Zijn overhemd was gekreukt. Hij had het zelf gestreken en de rug overgeslagen.

'Wou ze niet mee?'

'Ze is nog nooit in het zuiden geweest.' Hij ging naast me zitten, pakte het glas van de grond en liet het draaien tussen zijn handen.

'O nee?'

'Ze had er wel zin in.'

'Ik zal nog een fles wijn gaan halen.'

'Ze is meegereisd.'

'Meegereisd?'

'Tot Parijs. Ze moest in Parijs zijn.'

'Weet je dat ze hier denken dat Nederland vlak boven Parijs ligt? Parijs vinden ze heel ver weg. De meesten zijn er nog nooit geweest.'

'Het is waar. 't Is een eindeloze reis.'

'Je bent met de verkeerde trein gekomen. Ik had het je moeten schrijven. Je had de Barcelona-expres moeten nemen. Die doet het vlugger. Die vertrekt 's morgens uit Parijs en komt hier 's avonds aan.'

'Dat heb ik later pas gehoord.'

'Komt ze je achterna?'

'Nou... misschien... over een week...'

'Een week.'

'Ze had wat te doen in Parijs. Ze wou daarna nog hier langs komen.'

'Werkelijk?'

'Ja. Zoiets zei ze.'

'En jij? Vond jij dat ze het doen moest?'

'Nee. Ik wou hier alleen naar toe.' Hij stond op, deed een paar stappen over het balkon. 'Ik had tegen haar gezegd dat ik alleen zou gaan. Allicht. Ik heb er geen moment aan gedacht dat ze mee zou reizen. Ze zat in de trein. Pas toen we Haarlem voorbij waren kwam ze mijn coupé binnen.'

'Aardige verrassing.'

'Ik zal haar schrijven dat ze niet komen moet. Dat had ik me trouwens onderweg al voorgenomen.'

'Je had 't haar ook kunnen zeggen.'

'Ja. Ja, dat had ik natuurlijk moeten doen. Maar ik dacht: och, misschien ziet ze er wel van af, misschien is het alleen maar een dreigement.' Hij wreef hard over zijn voorhoofd.

'Weet je haar adres in Parijs?'

'Ja.'

'Ze zal toch komen.' Meer dan de helft van het balkon lag nu in de schaduw. Ik raapte de lege fles op. 'Ik ga even wijn halen. Ik ben zo terug.'

Madame Ponsailler zat in de keuken met een mand bonen op haar schoot. Haar bezoek was weg. Ze kwam overeind en riep iets dat ik niet verstond. Ik riep op goed geluk terug dat alles best was en maakte dat ik het huis uit kwam, zwaaiend met de fles. Er viel een druppel op mijn rok. Een kleine bloedvlek.

– Het meisje trekt me in het speelkwartier mee onder het afdak van de fietsenrekken. Ze tilt haar jurk op. De vlek zit op haar onderrok. Ze is twee jaar ouder dan ik en een stuk groter. Ze buigt zich naar me toe. 'Zie je 't?' fluistert ze. Ik kijk naar haar gezicht en van daar naar haar rok. Er zit bloed aan haar kleren en ze lacht. 'Ik ben ongesteld' zegt ze. 'Jij nog niet, hè?' Ik schud van nee. 'Maar je zuster wel natuurlijk.'

Ze staat nog steeds met de zoom van haar jurk in haar handen. Ze heeft een paar puistjes op haar voorhoofd. Haar haren raken bijna mijn gezicht. Ik ga wat achteruit en voel de scherpe rand van een achterlicht in mijn knieholte drukken. 'Er is niets aan de hand', zegt mijn moeder, 'Ellen heeft alleen een beetje last van haar buik.' Ze duwt me in de gang op zij en gaat haastig met mijn zuster naar boven. Ze doet de slaapkamerdeur op slot. Ik hoor haar heen en weer lopen en sussend praten; de deur van de linnenkast piept, de waterleiding maakt een roffelend geluid. Tegen het meisje doe ik of ik er alles van weet. –

De vrouw van de épicerie had zwarte ogen met donkere kringen er omheen, zware wenkbrauwen en haar op haar bovenlip. Ze vroeg hoe het met le mari ging. Ik zei dat alles uitstekend marcheerde en gaf haar de lege fles. Ze zette er een volle voor op de toonbank, een vettig bruin blad, overdekt met krassen en putten. Ze kon zich best voorstellen hoe ik me voelde, zei ze. Zo'n tijd zonder le mari, dat was maar niets. Ik gaf het toe. Terwijl ik de winkeldeur dichttrok knikte ze nog steeds tegen me.

Op de hoek merkte ik dat ik het straatje uitgelopen was in plaats van terug te gaan. Ik bleef staan. Over vijf minuten kon ik weer op de kamer zijn. We hadden nog maar een week. En dan? Wat zou hij doen? Hij had net zo goed ergens anders heen kunnen gaan; naar Argelès bij voorbeeld, een paar kilometer boven Collioure. Ik had het niet hoeven weten. Misschien waren we elkaar dan eens toevallig tegengekomen, op een terras in Perpignan. Jullie ook hier? Dit is Gilbert. Ik ken hem al zolang ik hier ben. We hebben carnaval gevierd, we maken bergtochten, zwemmen en liggen in de zon, eten en drinken samen en gaan met elkaar naar bed, zonder verder iets van elkaar te verwachten.

Op het pleintje stonk het naar vis. In de vishal op de hoek, een schemerige ruimte met boogramen, stonden mannen en vrouwen aan lange tafels de vangst te sorteren. Hun blauwe voorschoten glinsterden. Ik daalde de sterk hellende straat af naar het strand. Vlakbij het water lag een rij vissersboten waarin jongetjes speelden. Er naast, in de schaduw van de steile rotsmuur, zaten de nettenboetsters, oude vrouwen, geheel in het zwart. Het geluid dat ze maakten toen ik langs kwam hield het midden tussen bidden en zingen. Ik beklom de in de rots uitgehouwen treden naar een soort terras omgeven door een borstwering van ruwe stenen en zocht, met mijn rug naar de zee, het witte huis met het balkon. Het was van hier af nog net zichtbaar. Misschien stond hij wel naar me uit te kijken. Maar ik zou hem alleen kunnen zien als hij naar de andere hoek liep. De mimosaboom onttrok de deur van mijn kamer aan het gezicht.

Meer naar rechts en veel hoger lag de ruïne, waar ik eergisteren met Gilbert was geweest. Buiten het seizoen komt er nooit iemand, zegt hij. Wij hebben in Port-Vendres gegeten en rijden met de bus terug. Een vrouw draait zich naar ons om en vraagt hoe het met zijn vader gaat. Ze praten catalaans tegen elkaar. In de bocht voor Collioure stappen we uit. Ik heb het gevoel dat mijn jurk als een pleister van me afgetrokken moet worden wanneer Gilbert me over het met losse stenen bezaaide, bijna onbegaanbare pad naar boven trekt. We liggen op het harde gras achter een muur met vensternissen van meer dan een halve meter diep. Als ik mijn hoofd om de muur steek zie ik de donkere kustlijn tot aan Banyuls, de gladde zee waarop jachten kruisen, zondagse baders, het groen en roodbruin van de hellingen. Er is geen wind, geen geluid. Ik heb het nog nooit buiten gedaan. Ik houd mijn ogen open. Het is of de lucht op me afkomt, in spiralen, suizend, het maakt me duizelig, ik zet mijn nagels in zijn rug, waarover de schaduw van de muur valt. Ik word moe, maar hij weet van geen ophouden. Hij neemt wat hij nemen kan. Ik wou dat ik hier alleen was, denk ik.

De fles werd zwaar in mijn hand. Ik had er niet aan gedacht hem op de grond te zetten. Ik stond op. De oude vissers, die hier hun vaste ontmoetingsplaats hadden, zeiden me goedendag. Ik nam de kortste weg terug, dwars over het strand, over het pleintje, langs het postkantoor. De kippen in de voortuin stoven weg of ik een vreemde was.

'Ik dacht dat je even wijn was gaan halen.' Mark lag op het bed. Naast hem op de grond stond een asbak vol peuken.

'Dat was ik ook.' Ik zette de fles op tafel, draaide de kurketrekker er in en trok de kurk er gaaf uit.

'Is het zo ver weg?'

'Nee... Ik zal er wat bij te eten maken. Ik heb pâté.'

Uit het mandje nam ik het stokbrood, de pâté en de boter. Ik schoof de tafel bij het bed en ging naast hem zitten. Terwijl we aten en om beurten dronken vertelde hij dat hij over een paar maanden een vaste aanstelling bij de krant kon krijgen, op de redactie buitenland.

'Ik voel er veel voor. Wat vind je?'
'Als je er zin in hebt, moet je het doen.'
'Ik heb er ook weleens over gedacht om mijn studie af te maken. Ik heb ten slotte mijn kandidaats.'
'Waarom ben je indertijd eigenlijk rechten gaan studeren?'
'Ik moest toch iets kiezen?'
'En dan wordt het altijd rechten.'
'Nou ja, mijn vader wou liever dat ik medicijnen ging doen, maar daar zag ik niets in. Zie jij me als pil?'
'Nee.' Ik moest lachen.
'En jij? Wat heb jij uitgevoerd?'
'Wanneer?'
'Hier, bedoel ik.'
'Ik? Niets. Op mijn rug gelegen.'
'Het heeft je in ieder geval goed gedaan. Wil je mee terug?'
'Jawel.'
'Over een paar weken?'
'Goed.'
'Ik heb haar al geschreven dat ze niet moet komen.'
Ik zat met een stuk brood in mijn hand en keek naar de pâté. Ze was bruingrijs. Er zaten ook donkere stukjes in, een zwarte driehoek in het midden, glimmend als drop.
'Waarom heb je hier met haar afgesproken?'
'Dat deed zíj, dat heb ik je toch al gezegd.'
'Maar als jij het nou niet wou...'
'Ze wist hoe ik er tegenover stond. Ik ben het de laatste tijd allemaal anders gaan zien.'
Hij had al gezegd dat het anders was, dat ik anders was, en nu zag hij het anders. Ik leunde tegen zijn opgetrokken knieën. We waren allebei zachter gaan praten, alsof we de indruk hadden dat iemand ons

afluisterde.

'Maar denk je dat het ook anders zal wórden?'

'We kunnen het toch best weer proberen.'

Ik gaf geen antwoord.

'Sepha?' Zijn hand ging langzaam over mijn rug.

'Ja.'

Ik voelde me loom, mijn oogleden waren zwaar. Ik hoorde hem praten, maar zijn stem klonk steeds zachter, steeds verder weg. Ik moest moeite doen om hem te verstaan en ik knikte om te laten zien dat ik naar hem luisterde. Terwijl ik mijn benen strekte merkte ik dat hij niet meer op het bed zat. Hij was bezig zijn koffer uit te pakken. Ik hoorde hem zijn scheergerei op de wastafel leggen, de kastdeur open doen, zijn kleren weghangen. Ik vraag hem wat we met de andere kamer moeten doen. Kom mee naar de andere kamer, zeg ik. Maar we kunnen de deur niet open krijgen. Pas na veel moeite lukt het ons. In het vertrek zijn een heleboel mensen, die zich verdringen om het bed waar iemand in schijnt te liggen. Ze fluisteren; het klinkt als sissen. Ik probeer me naar voren te werken. Tegen de zijkant van het ledikant wordt een fles wijn stukgeslagen. Wat een mooi bloed, roept een vrouw. Ik sta nu vlak voor het bed. Er ligt een oude man in met een witte snor. Zijn ogen zijn gesloten, zijn gezicht is geel. Monsieur Ponsailler houdt zijn arm vast. Hij heeft zijn baskische muts niet op en ik zie dat hij zwart krulhaar heeft. Dit is hem, roept hij. Ik wil achteruit gaan, maar ik kan niet van mijn plaats komen. Als ik naar de grond kijk zie ik dat ik in een rode kleverige substantie sta. Mijn schoenzolen zitten er aan vastgeplakt. Iemand probeert me los te rukken door aan mijn schouder te trekken.

'Zou je niet eens wakker worden?' Mark stond over me heen gebogen. Hij had een ander overhemd aangetrokken. 'Laten we in het dorp gaan eten. Ik heb zin in iets lekkers.'

Het was donker toen we uit het eethuis kwamen. We hadden er lang gezeten. Om ons heen werd luidruchtig gegeten en royaal gedronken. Het was of Mark nu pas loskwam. Zijn gezicht was rood, van de zon en van de wijn. Hij praatte druk, klonk met mensen aan het tafeltje naast ons, maakte me voortdurend complimenten en streelde onder tafel mijn dij. Bij het naar buiten gaan sloeg hij zijn arm om me heen.
Uit de vishal klonk nu muziek. De schragen en tonnen waren opzij gezet. Meisjes met lange zwarte haren, dikke meisjes in strakke truitjes dansten met elkaar op de schoongespoten cementen vloer. De jongens stonden zwijgend en nonchalant aan de kant te roken. We daalden af naar het strand en liepen, voorzichtig stappend over de keien, in de richting van de vuurtoren die aan het eind van de pier stond. De wind was opgestoken. Je rook het zoute water dat tegen de beschoeiing sloeg.
'Hier is de trap.' Ik pakte zijn hand.
Verblind door de over ons heen strijkende lichtkegel klommen we naar boven en vonden op de tast de ijzeren reling. In de verte floot een trein.
'De Barcelona-expres.'
'Komt die nu pas aan? Ik ben eigenlijk blij dat ik de nachttrein genomen heb. Als het licht wordt zie je ineens dat je in het zuiden bent. En je ziet het dorp liggen als je de tunnel uit komt. Toen we het station binnenliepen zag ik jou staan. Ik dacht eerst dat je een meisje van hier was.'

Ik zei hem dat ik zelf ook dat idee had, dat het soms was of ik hier altijd had gewoond. Ik hield van het dorp. Ik hield van de mensen, die me accepteerden, die me het gevoel gaven er bij te horen. Ik stond op het strandje tussen de vissersvrouwen de boten na te wuiven. Ik ging mee op de sardinevangst. Na het binnenlopen hielp ik met het dragen van de manden. In de winkel stond ik mee te praten over de schaarste van de levensmiddelen, de schade aan de oogst, en dat alles zo duur was geworden. Ik gaf mijn bonnen af voor matière grasse en amerikaans blikvlees, en leefde als de ander op nouilles en geroosterde vis, brood en wijn en vruchten. Ik was van hier. Ik was op goed geluk overgeplant en mijn wortels hadden gepakt.

'Maar je zei toch dat je mee terug wou.'

Ik boog me verder over de reling en zag in de lichtflitsen zijn vooruitgestoken hoofd met de wapperende haren. Ik wilde terug. Ik wilde hier blijven. Ik wilde met de sinaasappelboot van Sagols naar Algiers. Ik wist het niet.

'Kom. Het wordt koud.' Weer sloeg hij zijn arm om me heen.

Achter ons rolde de zee tussen de keien door. Voor ons lag het dorp, vol kleine lichtpunten, een avondhemel die tussen de hellingen was gezakt. Uit een huis kwam gitaarmuziek, een meisje zong, er was gelach van mannen in Café des Sports, waarvan de deur open stond. We gingen vlugger lopen, elkaar bij de hand houdend. We voelden het pad stijgen, hoorden onze adem sneller gaan. Een hond jankte onderdrukt alsof iemand zijn bek dichthield. In de struiken klonk het geritsel van dieren die wegkropen. Er stond iemand bij het hek.

Ze stond met haar rug naar ons toe, koffers en tassen om zich heen. Ik herkende haar aan haar lichte haren. We hielden tegelijk onze pas in. Mark liet mijn hand los. Ik fluisterde:
'De Barcelona-expres.'
Ze draaide zich om. 'Hallo. Zijn jullie daar? Ik ben helemaal van het station komen lopen met mijn bagage. Het schijnt dat je hier geen taxi kunt krijgen.'
'Er zijn hier geen taxi's', zei ik.
'Ik dacht dat je pas over een week zou komen.'
'Het was om te sterven in Parijs. Ik kreeg ook zin in het zuiden. Ik dacht: waarom zal ik hier in de kou blijven zitten? Ik heb vanmorgen vroeg de expres genomen.'
Achter het keukenraam werd een streep licht zichtbaar. Ik zal zeggen dat het zijn zuster is, en dat ik plotseling terug moet naar Amsterdam. Ik heb al zoveel verzonnen; dit kan er nog wel bij.
'Ik zal je naar het hotel brengen.' Mark nam een van de koffers op.
'Jullie hebben hier toch kamers?'
'Je kunt beter naar het hotel gaan.' Hij nam er nog een tas bij. Even draaide hij zich naar mij toe: 'Ik ben zó terug.'
'Jammer dat je niet hier kunt logeren', zei ik. Ik duwde het hek open. Zonder om te zien ging ik naar binnen en liep op mijn tenen langs de keukendeur.
De lamp op mijn kamer verspreidde een rossig licht. Ik trok de beddesprei recht en hing de jurk die ik 's middags gedragen had in de kast. De winterjas van Mark schoof ik naar achteren, het haakje kraste over de stang. Onder de wastafel stonden zijn schoenen, recht naast elkaar. Ik duwde mijn voet er tussen, zodat ze met de hakken van elkaar af kwamen te

staan, vouwde de beddesprei op en hing hem over het voeteneind. Ik nam een slok water. Met de kam van Mark kamde ik mijn haar terwijl ik de prenten aan de muur bekeek: een mand met bloemen, die verkleurd waren, een kerkje, ook verkleurd, allebei in bruine lijst. Ik schopte mijn schoenen uit en ging op het bed liggen, maar stond weer op, kleedde me uit en kroop tussen de lakens. Alleen de jaloezieën tikten af en toe tegen de kozijnen. Verder was het stil.

Maar toch hoorde ik iets. Buiten kraakten de sintels. Er kwam iemand aan. Iemand liep met haastige stappen over het pad. Het hek sloeg dicht. Vlugge voetstappen over het grind. In de gang. De trap op. Ik herkende zijn stap.

Vrijdag 21 april 1950

Ik stond in de gang mijn jas aan te trekken toen de telefoon ging. Ik liep naar binnen en nam de hoorn op. Het was Yona. Haar stem klonk gejaagd.

'Blijf je thuis? Ik kom even. Ik ben er over een kwartier.'

'Wat is er? Waar zit je?'

Als antwoord kreeg ik een lange zoemtoon. Ik legde neer. Ik had willen zeggen dat ik op het punt stond weg te gaan. Maar ze had me er geen gelegenheid voor gegeven. Het zat me dwars dat ik niet meteen gereageerd had. Dat ik me door een paar zinnen van mijn voornemen had laten afhouden. Nadat ik mijn jas aan de kapstok had gehangen ging ik opnieuw naar binnen.

Ik ben tegelijk met Mark opgestaan. We hebben ontbeten met koffie en gebakken eieren. Ik beloof hem dat ik naar het huis zal gaan. Ze komen vandaag gas en licht aansluiten. Hij geeft me de sleutels.

'Zorg dat je er om een uur of tien bent. Ik kan onmogelijk weg.'

Ik zit met de sleutels in mijn hand en laat ze tegen elkaar tikken. Ze hangen aan een touwtje. De ene is van zwart metaal, de andere koperkleurig en er staat een nummer op.

'De grootste is van de buitendeur, de andere van de flatdeur', zegt Mark. Hij wijst er naar, met zijn arm boven het broodmandje. 'Het is doodeenvoudig. Je hoeft ze echt niet zo te bestuderen.'

'Daar kijk ik ook niet naar. Het zijn heel gewone sleutels.'

'Ja. En het is een aardig huis.' Hij staat op en knoopt zijn jasje dicht. 'Je zou blij moeten zijn.'

Blij, misschien. Soms probeer ik me voor te stellen dat dit mijn eerste huis is, dat ik hier mijn leven begonnen ben, op die avond in '44. Maar het heeft geen zin. Op hetzelfde ogenblik zie ik een ander huis, met een brede vestibule en een glazen tochtdeur, waar ik op een dag doorheen val. Ik krijg een diepe wond aan mijn pols, die gekramd moet worden. Zes krammen. Ik heb er nog een litteken van. Het trappenhuis heeft een ronde overloop waarop we boompje verwisselen, met stoelen uit de slaapkamers als bomen. Een paar huizen van ons vandaan, op de hoek, is de bloemenwinkel, waar ik met mijn zuster naar toe ga. 'Hou haar goed vast', zegt mijn moeder. Er hangt een zware, zoete lucht in de winkel die me een drukkend gevoel in mijn hoofd geeft. Maar dat komt ook door de hand van de bloemist. Zijn vingers haken in mijn haar. En er is de hand van mijn grootvader, die bij ons logeert en boven mijn hoofd een gebed uitspreekt. We moeten er aan denken op zaterdag niet aan de lichtknoppen te komen, geen potlood en papier te pakken, geen lucifers af te strijken, de melk niet in de buurt van het vlees te zetten. Hij zegt: 'Je lijkt op je grootmoeder.' Ik kijk in de spiegel en doe moeite mezelf te zien met wit haar, de valse vlecht achter op mijn hoofd gevlochten, in een zwarte jurk met een diamanten speld. Ik ben naar haar genoemd. Ik kan geen gelijkenis ontdekken.

Als Mark de deur uit is, blijf ik aan de ontbijttafel zitten en speel met de sleutels van het huis dat ik nog niet ken. Wat moet ik er doen? Het is leeg, met koude ramen, kale muren, vloeren die kraken. Ik heb er geen enkele relatie mee. In een ander huis gaan wonen is afstand doen van iets, opnieuw beginnen en herinneringen onderbrengen bij vroegere, waardoor die vroegere steeds verder van je af komen te liggen.

Het regende. Ik was in de vensterbank gaan zitten om op Yona te wachten. De regen maakte kringen in het water van de gracht. Ik begon de ramen in het gebouw aan de overkant te tellen. Ik had het al meer gedaan, maar ik was er nog niet zeker van hoeveel het er precies waren. Met mijn vinger tegen de ruit tikkend kwam ik tot drieëntachtig – zeventien zolderramen en zesenzestig grote ramen in drie rijen van tweeëntwintig. Daarna begon ik aan de torentjes, maar ik werd afgeleid door een dikke vrouw die voor het gebouw was blijven staan. Ze haalde een groene sjaal uit haar boodschappentas en klopte hem stevig uit, alsof ze er iets mee had afgestoft. Daarna probeerde ze hem om haar hoofd te binden. Door de wind lukte het haar niet. Ze zette haar tas op de vensterbank en wierp het hoofd in de nek, zodat de regen in haar gezicht viel.

'Daar heb je gekke Germaine', zegt Gilbert.
Ze heeft een rood badpak aan waar haar enorme lichaam aan alle kanten uitpuilt. Giechelend komt ze achter een rots vandaan. Terwijl ze over de stenen naar zee strompelt verliest ze haar evenwicht. Ze gilt. Het laatste stuk legt ze af op handen en voeten. Wanneer ze tot haar knieën in zee staat, buigt ze zich voorover, haalt iets door het water en houdt het met gestrekte arm boven haar gezicht dat ver naar achteren hangt. Ze lacht, met haar tong uit haar mond.

'Wat doet ze toch?'

'Ze heeft een buisje waar ze de zee doorheen laat lopen.' Hij ligt languit, met gespreide benen. Tussen het haar op zijn borst glinstert een zilveren munt aan een ketting. Germaine haalt het buisje nog een paar keer door het water en komt dan onze kant uit. Haar dijen schommelen tegen elkaar. Gilbert blijft onbeweeglijk liggen. Alleen zijn borst gaat nauwelijks merkbaar op en neer, alsof hij probeert zijn adem in te houden.

'We krijgen bezoek', zeg ik zacht.

'Hou je maar slapend, anders zitten we de hele morgen met haar opgescheept.'

Het had me geen moeite gekost afscheid van hem te nemen. Hij begon te veel beslag om me te leggen. Mark was net op tijd gearriveerd. Ik kom hem nog een paar keer tegen, in Port-Vendres, in Banyuls, en we groeten elkaar als mensen die elkaar oppervlakkig gekend hebben. Zo moet het altijd gaan. En zo is het als ik op een morgen met Mark bij Café des Sports zit, tegenover het château van Collioure. Hij wil weten wie de man is die voorbij komt en naar wie ik zwaai. Gilbert steekt zijn hand op, knikt en kijkt nog eens om.

'Heb je iets met hem gehad?'

'Hoe kom je daarbij?'

'Natuurlijk heb je iets met hem gehad. Hij ziet er goed uit. En een vrouw alleen, hier...' Lang kijkt hij Gilbert na, alsof hij aan zijn rug iets denkt te ontdekken dat hem de bevestiging zal geven. Ik vraag me af of hij nu een gedachtensprong maakt naar Tinka en de geile mannen van Cannes. Ze is de dag na haar aankomst daarheen doorgereisd. Ik heb haar niet meer gezien. Ze stuurt een gekleurde ansichtkaart

van een wit hotel in een tuin vol palmen, met harte-
lijke groeten, voor ons beiden.
'Sportief van haar.'
'O, ze is erg genereus', zegt Mark. Hij neemt de kaart
weer op en bekijkt hem nauwkeurig. 'Zo, zo, logeert
ze daar.'
'Had je niet liever met haar mee gewild? Ze doet 't
allemaal wat luxueuzer.'
'Het bevalt me hier best.'

De dikke vrouw was doorgelopen. Een jongen met
zwarte kaplaarzen aan sprong in een plas. Het spatte over de stoep. Hij kwam nog eens terug en stamp-
te nu met één voet in het water. Het effect scheen
hem tevreden te stellen, want hij ging verder.
De eerste tijd na onze terugkeer uit het zuiden lijkt
het of we de atmosfeer waarin we daar leefden hebben meegenomen. Maar het duurt niet lang. Nu is
het zijn werk bij de krant waardoor Mark erg on-
geregeld thuiskomt. Hij heeft ook nachtdienst. 'Je
moet iets gaan doen', zegt hij, 'je moet iets aanpak-
ken.'
'Wat dan? Ik zou 't niet weten. Ik kan niets.'
Toch denk ik er zelf ook wel over. Ik kijk adverten-
ties na, noteer adressen waar pasdames gevraagd
worden. Dames met veel vrije tijd kunnen aantrek-
kelijke bijverdiensten vinden. Bij de confectiefabriek
waar ik naar toe ga, hoor ik dat mijn maten niet goed
zijn. En de bijverdiensten laat ik lopen. Ik voel me
niet geroepen om koffiemachines te demonstreren.
Die winter krijg ik mij angina terug en lig met hoge
koorts in bed. In Collioure was het na een paar dagen over, hier duurt het weken. Het irriteert Mark
als ik ziek ben; hij blijft weer langer in de stad han-

gen, en komt soms laat in de nacht thuis. Hij weet dat Yona me verzorgt. Kort na onze terugkomst praat ze spottend over ons 'ideale huwelijk'. Nu zegt ze niets, maar ik zie aan haar gezicht wat ze denkt.

Het regende nog steeds. Ik keek naar de druipende bomen. Ik zou de bomen missen en het water. Overal waar ik kwam moest ik eerst naar buiten kijken. Soms kan een uitzicht een interieur goedmaken.

– Op het atelier van Thomas zijn geen ramen, er is alleen een glazen dak. Ik ontmoet hem in een zaaltje bij de Nieuwmarkt, waar korte films gedraaid worden. We zitten op lage banken die dicht op elkaar staan. Achter me weet iemand geen raad met zijn benen, zijn knieën stoten telkens in mijn rug. Ik schuif wat naar voren en kom in botsing met een man in een donkerblauwe gebreide trui. Hij draait zich om, vraagt of hij in de weg zit, of ik iets kan zien. Hij heeft een langwerpig gezicht met smalle ogen onder een hoog voorhoofd, en een brede snor, donkerder dan zijn haar. Hij stelt voor van plaats te verwisselen. Terwijl we over de bank stappen gaat het licht uit. Ik houd me even aan hem vast, onze benen strijken langs elkaar. Na afloop brengt hij me thuis. Hij zegt dat hij schilder is. Ik beloof hem dat ik eens op zijn atelier zal komen kijken.

Het glazen dak geeft me in het begin een nieuwe sensatie, het gevoel of ik in een kajuit lig. Wanneer ik binnenkom legt hij onmiddellijk zijn penselen neer. Blijkbaar schildert hij alleen uit plichtsbesef; hij kan er op ieder moment mee ophouden. 'Ga gerust door', zeg ik. Hij begrijpt niet dat ik graag kijk naar iemand die bezig is, die verdiept is in zijn werk en toch weet dat ik er ben. Zomaar naar zijn rug kijken, me afvragen wie zijn trui heeft gebreid, de verf-

lucht opsnuiven, in een tijdschrift bladeren, de grijze poes aaien. Maar hij wil altijd meteen, hij laat me niet eens tijd om in de stemming te komen. En dan zijn er de kinderen. Ik hoor ze over de vliering schuifelen. Ze wringen zich door het dakraam, kruipen op hun buik naar de rand van het bovenlicht en drukken hun neuzen plat tegen het glas.
'Waar komen die kinderen vandaan?'
'Van de buren.'
'Doe je er niets aan?'
'Ze kunnen niets zien door het draadglas.'
'Waarom kijken ze dan?'
'Ach, laat ze toch. Ze doen het al zo lang.' –
Ik keerde me van het raam af. Het kwartier was al om. Echt iets voor Yona om veel te laat te komen, om geheimzinnig te doen over dingen die niets om het lijf hebben. 'Ze is iemand met een gebruiksaanwijzing', zei Mark eens. 'Als je vergeet je er aan te houden, trap je op alle wonden.'
'Vandaar dat ze niet genezen, want niemand houdt er rekening mee.'

Haar gezicht was wit. Ze had donkere kringen om haar ogen. Haar natte haren vielen in slierten om haar hoofd. Ik hing haar regenjas in de keuken op een haakje boven de gootsteen. Toen ik binnenkwam stond ze midden in de kamer haar bril op te wrijven. Ik duwde haar in een stoel en ging tegenover haar zitten. Ik keek naar mijn nagels, plukte een stofje van mijn rok en wreef mijn nylons glad. We hadden eens een echtpaar op bezoek, waarvan de man iets met Mark bespreken moest. De vrouw haalde na een minuut of vijf haar nagelvijl uit haar tas en begon haar nagels te bewerken. Toen haar man opstond, sloeg ze haar rok af en zei: 'Ziezo, dat is ten-minste gebeurd.' Het waren haar eerste woorden.

Yona zat voorovergebogen, met haar bril in haar hand. Ze draaide hem aan één veer rond. Er viel een druppel van haar haren naast haar schoen. Ik vroeg of er iets gebeurd was. Ze schudde haar hoofd.

'Er is niets gebeurd. Er is niets.' Ze wachtte even. 'Ik zie 't niet meer.'

Ik kende dat. Ik zou nu te horen krijgen hoe iedereen, hoe de hele wereld tegen haar samenspande en ik zei: 'Ik dacht juist dat het de laatste tijd nogal aardig ging met je werk.'

Ze haalde haar schouders op. 'Ik heb bijna niks meer te doen.'

'Hoe komt dat?'

'Het gaat niet meer. Het is ook zo verdomd middel-matig wat ik klaarmaak.'

'Maar je had toch verschillende opdrachten...'

'Ik heb ze laten lopen. Ik schei er mee uit.'

'Wat wil je dan doen?'

'Niks. 't Is allemaal zinloos.' Ze dook in elkaar, steunde haar hoofd in haar handen. Ik kon haar nauwelijks verstaan toen ze zei: 'Hij is teruggeko-men.' Ik wist niet zo gauw over wie ze het had, ik schrok alleen even van dat woord: teruggekomen. Het kan gebeuren dat iemand na vijf jaar terugkomt. Ik stel het me dikwijls voor. Ik herken de houding van iemand in de tram, de loop van iemand die uit het station komt. Iemand steekt een plein over en ik moet hem volgen, straten lang, omdat ik niet zeker ben – tot ik ontdek dat ik me vergist heb, opnieuw, en toe moet geven dat ik een spelletje met mezelf speel.

'Wie', vroeg ik, 'wie is er teruggekomen?'

Ze ging recht zitten. 'Nee. Zeg, ben je gek. Dat denk je toch niet?'

'Nee.'

'Ik bedoel die vrind van me, die voor de oorlog naar Amerika is gegaan.'

'Is hij hier?'

'Met vakantie. Je weet wel: doing Europe in three weeks.'

'Heb je hem ontmoet?'

Ze knikte. Ze legde haar bril op tafel en staarde naar haar handen die in haar schoot lagen. Haar vingers hield ze in elkaar gestrengeld; de knokkels staken er uit als witte doppen die er apart opgezet waren. 'Ik heb al die jaren aan hem gedacht.' Haar mond bewoog bijna niet. Ze keek niet op. Ze sprak of ze alleen was. Het doet er nu niets toe. Niemand hoort me, niemand kijkt naar me. 'Je zult 't wel weer belachelijk vinden, maar voor mij wás 't iets. Aan hem kon ik op een andere manier denken dan aan de anderen – hij leefde.'

'Hebben jullie gecorrespondeerd?'

'Niet lang. Hij schreef me, nadat hij bij het Rode Kruis naar me geïnformeerd had. Ze konden hem daar mijn adres geven in plaats van een kampnaam plus een datum. Ik schreef terug. De laatste twee jaar heb ik niets meer gehoord.'

'Heeft hij je niet laten weten dat hij zou komen?'

'Nee. Hij stond ineens voor me.' Ze trok haar handen uit elkaar. 'Ik herkende hem eerst niet. 't Is een amerikaanse business-man geworden, een beetje dikkig, met een donkere bril op.'

'Wat wil je? In tien jaar verandert iemand. Hij was nog een jongen toen hij hier wegging.'

'Dat weet ik wel, maar...' Ze keek naar buiten, met

knipperende ogen, haar lippen op elkaar geklemd.
Over drie jaar was ik dertig. Wat had ik gedaan, wat
zou ik nog doen dat van enige betekenis was en
waaruit de zin bleek dat wij er nog waren en de
anderen niet meer? De tweeling van mijn oom Max
uit Assen was niet ouder dan acht jaar geworden.
Vergast in Sobibor. Het zijn pientere kinderen, zei
mijn moeder eens, toen ze er een paar dagen gelogeerd had, ze kunnen al lezen voor ze naar school
gaan.
'Heeft hij kinderen?'
'Ja. Hoe weet je dat hij getrouwd is?'
'Dat ligt voor de hand. Hij is naar Holland gekomen
om met zijn vrouw de ouwe boel nog eens te bekijken. Die europese joden die naar Amerika zijn gegaan, worden af en toe sentimenteel.'
'Ik heb vier jaar met hem opgetrokken, we zagen
elkaar iedere dag. Ik snap 't niet.' Ze sloeg met haar
vuist op de stoelleuning. 'Ik heb al die tijd iemand
anders voor me gezien. Hij is het niet... nu heb ik...'
'Nu heb je niemand meer.' Ik werd kwaad. Haar zelf-
beklag had ik nooit kunnen verdragen. Ik keek naar
haar schoenen; sportschoenen met dikke zolen, van
een plomp model. Het was of iemand ze haar had
aangetrokken zonder te denken aan de benen die er
bij hoorden. Haar kousen rimpelden. Op haar rok
zat een groene verfvlek. Ik vroeg: 'Ben je weleens
met iemand naar bed geweest?'
Het leek of ze me niet hoorde. Maar goed ook. Ik
moest nu vlug iets anders bedenken. Maar ze zei, en
haar stem klonk afgemeten:
'Wat een banale redenering. Hoe kom je daar zo
op?'
'Ik vroeg het me gewoon af.'

'Wat heeft 't er mee te maken?'
'Misschien niets, misschien alles. Je bent nu achten-
twintig.'
'En nog niet volwassen, wil je zeggen.'
'Je maakt soms de indruk...'
Terwijl ze haar schouders ophaalde keek ze naar
me. Maar ik merkte dat ze me niet zag. Haar mond
bewoog, ze wilde iets zeggen en wist niet hoe ze het
zeggen moest. Ze klemde haar handen in elkaar, de
duimen ver naar buiten.
'Je hebt natuurlijk gelijk', zei ze ten slotte. 'Ik heb
ook op dit punt pech gehad. We waren erg verliefd,
hij en ik. Als hij bij me kwam werken, zaten we altijd
te vrijen, zoals je dat doet op die leeftijd, zoenen en
zo. Maar na ons eindexamen voelden we allebei dat
er iets gebeuren moest... dat dát moest gebeuren. De
oorlog kwam steeds dichterbij en hij zou gauw naar
Amerika vertrekken.' Ze wachtte even, rekte zich uit
en leunde met haar hoofd tegen de stoelrug. 'Het
was op een zondagmiddag. Mijn ouders waren de
avond daarvoor laat thuisgekomen van een familie-
feestje en lagen op hun kamer te rusten. Leo was
bij me. Hij had het over Amerika, waar hij zou gaan
studeren. Ik moest ook komen, als hij afgestudeerd
was. Maar als het hier mis mocht gaan, moest ik
meteen op de boot stappen. Zulke dingen zeg je dan.
We zaten dicht tegen elkaar aan. Hij maakte mijn
bloesje los en mijn beha. Met de rits van mijn rok
had hij moeite, en ik hielp hem. Het was zo vanzelfsprekend – het was de enige manier om afscheid te
nemen en aan elkaar te blijven denken, vond ik.'
Ze wreef over haar ogen. 'Ineens stond mijn moeder
in de deuropening. We hadden haar niet gehoord.
Ik was naakt. Ze keek naar ons met een volkomen

verstard gezicht. Ze zei niets en ging meteen weer weg. Ik kleedde me aan en hij sloop het huis uit. Mijn ouders waren er kapot van. Ze dachten dat het "gewoon vriendschap" was; we hadden hun vertrouwen beschaamd. Ze waren zo vroom, zo naïef. Het had geen zin om het ze uit te leggen. Hij kon beter niet meer komen, zei mijn moeder. Maar wat maakte het uit? Twee weken later bracht ik hem naar de boot. We beloofden elkaar... nou ja, wat je elkaar altijd belooft. Ik was zo stom het niet te vergeten.' Ze vouwde haar handen achter haar hoofd en keek naar het plafond.

'Maar die schilder waar ik je een paar keer mee gezien heb; hoe heette hij ook weer?'

'Fred.'

'Eerlijk gezegd dacht ik dat je met hem iets had.'

'Ik vond hem aardig. Hij kwam dikwijls eten. Hij had 't erg moeilijk. Ik gaf hem ook wel geld voor verf en kolen. Het was midden in de winter.'

'Was je verliefd op hem?'

'Nee. Maar door hem ben ik weer begonnen met tekenen en schilderen. Ik vond 't plezierig om hem te helpen.'

'Dus jullie hadden niets met elkaar?'

'Wat zeur je toch. Ik zei toch nee.'

'Platonische vriendschap.'

'Hij mocht me erg graag, dat merkte ik wel. Maar hij raakte me nooit aan. Ik dacht eerst dat hij te verlegen was... of dat hij me respecteerde omdat ik hem verteld had van Leo. Op een avond kwam hij weer bij me eten. Het was erg koud. Hij zei dat zijn kolen op waren en dat hij er tegen opzag terug te gaan naar zijn atelier. Ik zei dat hij best kon blijven als hij wou. Hij bleef. Ik heb maar één bed, dat weet je, een smal bed. Toen ik me uitkleedde, bekende hij me dat hij eigenlijk niet om vrouwen gaf. "Niet op de manier zoals jij misschien van me verwacht." Dat zei hij.'

'Hij was een flikker.'

'Eh... ja. Ik had er nooit erg in gehad. We zijn gewoon naast elkaar blijven liggen. De volgende morgen gaf ik hem geld mee voor kolen. En daarna... och, ik voelde natuurlijk niets voor hem. Ik had alleen gedacht... nou ja, wat doet 't er toe.'

'Hij had beter een rijke vriend kunnen nemen.'

'In ieder geval is dat alles. Je was toch zo benieuwd naar mijn erotische ervaringen? Bij mij lukt nooit wat.'

Ik stond op, ik moest iets doen, in beweging zijn. Ik liep naar de keuken en hield de fluitketel onder de kraan. Ik was zelf die morgen wakker geworden met een ellendig gevoel. Mark schoof de gordijnen open en ik zag de grijze lucht, de regen, een dag om niet aan te beginnen. Ik had weer een van mijn dromen gehad. Ik was met mijn vader in het grote huis. Deze keer gingen we niet de kamers binnen, maar liepen de gang door, een trap af en kwamen in een kelder. Het was er koud en de grond kleverig of iemand teer had gemorst. Achter een stenen pilaar lag mijn moeder, op een tafel. Ze was naakt en zwaar verminkt.

Yona was achter me aan gekomen en leunde tegen de deurstijl. 'Ik vraag me wel eens af wie er beter aan toe zijn, wij, die maar door moeten gaan, die maar moeten doen of er niets veranderd is, of zij die niet meer hoeven.'

'Niemand hoeft iets.' Ik goot heet water in de filter. Met opzet deed ik of ik haar verkeerd begreep. 'Als je ergens geen zin in hebt, dan laat je het.' Door het ongeduldige gebaar dat ik maakte kwam er te veel water in de filter. Het liep er overheen.

'Zoals jij de dingen vereenvoudigt... Soms denk ik dat het je geen pest kan schelen allemaal. Maar is dat zo?'

Het water zakte langzaam door de drab. Aan de rand ontstonden schuimblaasjes, even glinsterend voor ze kapot sprongen.

– De vrouw houdt haar handen om een glazen kom en kijkt in de donkerbruine brij. Ze heeft rood-geverfd haar, dat bij de scheiding grijs is uitgegroeid. Op de kruin is ze kaal. Haar lange oorbellen doen me denken aan de glazen pegels van ouderwetse hanglampen. De meubels in het kamertje zijn zo neergezet dat je er niet doorheen kunt lopen zonder je te stoten. Er hangt een lucht van kool, stoffig pluche en kattepis. Na een tijd schuift de vrouw de kom van zich af en kijkt me aan. Haar gezicht is pafferig; de slordig opgebrachte roze poeder zit in vlekken op haar wangen. 'De personen waar u aan denkt, leven nog', zegt ze. 'U zult ze spoedig terugzien.'

'Dank u wel.' Ik leg een rijksdaalder op het rode tafelkleed. –

Yona pakte een peperbusje van de plank en draaide aan het deksel.

'Ik herinner me dat mijn moeder een keer peper in haar ogen kreeg. We zaten aan tafel en op de een of andere manier, ik weet niet hoe, gebeurde het. Ze raakte in paniek. Ze rende naar de keuken en riep: Ik word blind. Mijn vader en ik gingen haar achterna. Hij pakte de theepot, goot thee op een handdoek en bette daar haar ogen mee. Later vroeg ik hem hoe hij wist dat koude thee hielp. Hij glimlachte en zei dat hij op dat ogenblik niet zo gauw iets anders wist te pakken. Snel handelen en op het juiste moment, zei hij altijd. Hij heeft er zich niet aan kunnen houden.' Ze zette het peperbusje weer terug.

'Laten we toch niet blijven terugvallen op de oorlog.'

'Dat zeg jíj. Jij vat alles zo verdomd makkelijk op. Vooral sinds je in het zuiden bent geweest. 't Is net of je daar alles van je af hebt gegooid. Ik wou dat ik 't kon.'

'Het ontbreekt jou aan een schutkleur. Als je die niet hebt kun je het spel niet meespelen.'

'Moet dat dan?'

'Ja, dat moet. Je moet je aanpassen. Alles is allang weer normaal.'

Woorden van Mark. Ik begin hem al na te praten. We gaan nu in een ander huis wonen. Een huis met een nette trap en een electrische deuropener, met een boiler en een bad en een betegelde wc. We kopen nieuwe meubels en nieuw linnengoed en nieuw serviesgoed. Glazen voor alle soorten dranken.

Ik nam de kopjes mee naar binnen. 'Waarom ben je indertijd niet naar Israël gegaan? Je wou toch zo graag? Maar nee, wat deed je? Hier blijven hangen, in je eigen narigheid hokken, jezelf kwellen. En wat heb je nu?'

'Het was een opwelling, toen. Wat moet ik in Israël? Ik ben niet geschikt voor pionierswerk.' Ze dronk van haar koffie en zette het kopje abrupt neer alsof ze iets proefde dat haar niet beviel.

'Wat is er eigenlijk nog meer?' Het was of ze voortdurend om iets heen draaide, iets waar ze geen woorden voor kon vinden. Ik kon me niet voorstellen dat de terugkeer van haar vriend de enige reden was dat ze zo in de put zat.

'Niets', zei ze. 'Ik werd vanmorgen wakker en vroeg me af wat voor dag het was. En tegelijk besefte ik dat het geen verschil maakte, een dag als alle andere, er is nooit verandering, nooit een dag die me het gevoel geeft dat ik ergens voor leef. Soms verlang ik terug naar de oorlog, je zult 't absurd vinden, maar toen leefde je ergens naar toe, iedere dag opnieuw, je dacht: straks... Nu weet ik niet eens wat voor datum we hebben.'

Ik pakte het ochtendblad van de tafel. 'Het is vrijdag 21 april 1950. Er zijn vliegende schotels gesignaleerd. De damessigaretten raken uit de mode. De internationale toestand is gespannen.'

'Gisteren las ik dat ze in Westduitsland weer bezig zijn geweest: op twee plaatsen joodse kerkhoven verwoest en hakenkruisen op de grafstenen gekalkt. Dan hoef ik niet meer.' Ze sprong op, liep de kamer door en zei met overslaande stem: 'Sight-seeing noemen ze dat. Look, darling, over there, that's where my girl-friend lived. Hij zal zijn vrouw ergens in de lucht hebben gewezen waar mijn kamer was.'

'Zo zit je jezelf nou dag in dag uit te martelen. Schei er toch eens mee uit!'

'Weet je wat hij vroeg?' Ze hoorde me niet eens. Ze kwam voor me staan. Er zaten nog meer verfvlekken op haar rok, donkere korsten. 'Hij vroeg of ik eens kwam logeren. Over de passage hoefde ik me geen zorgen te maken.'

'Dat is toch aardig. Je moet 't beslist doen.'

'O ja? Ik kijk wel uit. Dacht je soms dat hij 't meende?'

'Waarom zou hij 't niet menen?'

'En wat dan nog? Moet ik dan zo nodig naar Amerika? Daar stikt 't ook van de antisemieten. Je hebt 't laatst nog in die film gezien. Als ze merken dat je jood bent, krijg je niet eens een hotelkamer.'

Ze liet zich in de stoel vallen en pufte, met getuite lippen, alsof ze doodmoe was. Ik kreeg dezelfde gewaarwording als die avond in het ziekenhuis, toen ze tegen me zei: Ze hadden me kunnen laten liggen. Hetzelfde gevoel van machteloosheid. Ik zeg de verkeerde dingen. Ik toon geen begrip. Ik zet mijn stekels op, omdat ze een en al herinnering is aan iets waar ik niet aan herinnerd wil worden. Ik moet iets voor haar doen. Ze verwacht iets van me. Net als Mark. Zeg eens iets waardoor ze voelen dat je van ze houdt.

Ze zat me aan te kijken. Ik stond op om onder haar blik vandaan te komen. Wie weet was ze hier om me duidelijk te maken dat ze mij nu als haar enige 'levende' beschouwde. Ik moest haar van dat idee afbrengen. Ik liep naar het raam en zei, zonder me om te keren, dat ze er nog maar eens over denken moest.

'Waarover?'

'Over die reis naar Amerika.'

'Ik wil helemaal niet.'

'Zo'n kans krijg je nooit meer.'

'Je wilt me kwijt.'

'Je ziet eens wat van de wereld.'

'Dat dachten we ook toen we de oproepen voor Polen kregen.'

'Het zal een afleiding voor je zijn.'

'Je wilt van me af.'

'Hier kom je er niet uit.'

'Je vindt me lastig.'

Ik leunde met mijn ellebogen op de vensterbank. De regen, het glimmende asfalt, de raamrijen tegenover me. Ik herkende dit moment. Ik had dit eerder meegemaakt. Misschien was het tien jaar geleden of langer. Ik sta voor een raam en kijk door de regen naar een groot gebouw aan de overkant. Een bakstenen gevelwand met een ontelbaar aantal ramen. Hier en daar is iets van een gezicht te zien, een glimp van iemand die achter een gordijn beweegt. Er wordt naar me gekeken. En ik durf me niet te verroeren.

Yona was naar de deur gelopen. Ze duwde haar bijna weer droge haren naar achteren.

'Ga je weg?'

'Zeg het maar, het is waar, ik ben lastig.'

'Alleen voor jezelf. Is er iets dat ik voor je doen kan?'

'Ik wou alleen wat met je praten...' Ze deed de deur open.

'Wat doe je vandaag?'

'Vandaag?'

'Ja. Heb je wat te doen?'

'Ik weet 't nog niet. Ik heb je opgehouden. Sorry. Je had weg gewild.'

'O, dat kan wachten. Ik zou even naar het andere huis gaan kijken.'

'Maar goed dat je hier weggaat.'

Ik haalde haar regenjas uit de keuken. Hij was nog vochtig. Ze trok hem aan en ging langzaam naar beneden. Ik stond haar bij het trapgat na te kijken. Ze liep weer in die gebogen houding, haar hoofd naar voren, haar schouders hoog opgetrokken, of ze nog steeds een rugzak droeg.

'Yona', riep ik, 'kom vanavond eten.'

Ze bleef staan op een van de onderste treden. Een paar seconden hoorde ik niets. Ik kon haar in het donkere trapportaal niet meer zien.

'Vanavond? Ik weet 't niet. Misschien. Maar reken

niet op me, Sepha.'

Ik schoot opnieuw in mijn jas en overwoog of ik
Mark zou bellen. Ik bel hem dikwijls. Soms verzin ik
maar wat. Ik vraag naar de redactie buitenland en
dan begint het zoemen, het kraken, het tikken van
metaal op metaal, geroezemoes van stemmen, en ik
luister er naar als een kind dat voorbij de achterdeu-
ren van een bioscoop komt en door een kier de ge-
luiden van de film opvangt.
Mark zijn stem klonk gehaast, kortaf tussen het geratel van schrijfmachines, en hij verstond me niet.
Hij vroeg of er iets bizonders was en ik zei nee, ik zei
ja, ik zei dat Yona was geweest.
'Bel je me daarvoor?'
'Ik ga nu naar het huis.'
'Ben je er dan nog niet geweest?'
'Nee. Yona heeft me opgehouden.'
'Is er verder nog iets?'
'Nee... ik...'
'Zeg, ik heb 't druk. Ik kom tussen de middag niet
thuis. Tot vanavond.'
Ik had nog willen praten, nog willen luisteren naar
de achtergrondgeluiden. Dingen zeggen die zomaar
bij me opkomen. Steeds doorpraten zonder dat iemand me in de rede valt. Maar tegen wie? Iedereen
denkt hetzelfde, wil ook aan het woord zijn, en zo
komt er van een gesprek nooit iets terecht.
Maar ook níet praten, urenlang kunnen zwijgen, niet
gedwongen worden antwoorden te zoeken. Waarom zeg je niets? Je zit daar maar of niets je interes-
seert, of alles langs je heen gaat. Adenauer betreurt
de antisemitische incidenten. Er is nog geen oorlogs-
dreiging, zegt Truman. Verzetsmonumenten wor-

den onthuld. Ridderorden uitgereikt. Collaborateurs vrijgelaten. Het huis hiernaast gaan ze weer opbouwen. Met stenen die aan niets herinneren. Achter de nieuwe muren zullen anderen zich weer veilig wanen. Over een tijd zou ook ons huis niet meer te herkennen zijn. Het was puur toeval geweest dat ze me hier hadden gebracht. Ik had net zo goed ergens anders terecht kunnen komen, bij andere onderduikers, een andere man met wie ik in bed was gaan liggen, omdat er maar één bed was. Liefde is wennen aan elkaar. Als je eenmaal gewend bent, gaat alles zijn gang. Opstaan. Eten. Weggaan. Thuiskomen. Het is koud, doe een jas aan. Het is warm, zet een raam open. Het gaat regenen, zorg dat je niet te nat wordt. En de kleine dingen: een glas dat voor je wordt ingeschonken, een hand die even op je arm blijft liggen, muziek die je samen herkent, de klank van een stem, warmer dan anders, een manier van kijken.

Terwijl ik het Spui overstak meende ik dat ik Yona de Kalverstraat in zag slaan. Ik ging vlugger lopen en ontdekte haar voor de etalage van een stoffenzaak. Maar het bleek een meisje te zijn dat erg op haar leek, hetzelfde hoekige figuur, dezelfde houding. Ik was er zo van overtuigd geweest, dat het me een schok gaf. We hadden samen naar de bioscoop kunnen gaan. *The Third Man* van Orson Welles. Die film had ik nog niet gezien. Ik ga vaak naar de middagvoorstelling. Wat moet ik anders doen? Ik zie de mensen binnenkomen. Sommigen lopen als motorisch gestoorden naar hun plaats. Ze voelen dat er naar hen gekeken wordt door degenen die al zitten. Het doek is nog leeg en je moet toch ergens naar kijken. Ze strekken hun rug of laten hun schouders hangen. Ze weten geen raad met hun armen. Met hun handen nog minder. Ze laten ze langs hun lichaam bungelen of steken ze in hun zakken. Er zijn er die bijna struikelen op het punt waar de vloer, ter hoogte van de eerste rijen parterre, weer naar boven begint te lopen. Vrouwen klemmen zich vast aan hun tas. Als de zaal voller stroomt en de plaatsen om me heen bezet raken, ben ik blij dat het licht wegzakt, dat ik uitsluitend achterhoofden zie onder het doek, waarop iets gebeurt dat alleen mij aangaat en waarnaar alleen ik zit te kijken.

'Dat is 'n mooi stofje.' Ik werd op zij geduwd en zag mezelf in het glas tegen een achtergrond van hardblauwe bloemen voor ik me omdraaide. De gezichten van de voorbijgangers leken zonder uitdrukking. De meesten hadden onder hun paraplu's een grauwe kleur. Met verregende hoofddoeken om en in doorweekte regenjassen liepen ze achter elkaar, rij na rij, in een zinloze optocht, alsof hun even tevoren was meegedeeld dat aan de Kalverstraat geen eind meer zou komen.

Op de Munt nam ik de tram. Hij was vol, ik kon er nog maar net bij. Er hing een lucht van goed dat te lang in het sop heeft gestaan. Een dikke man stond van achteren tegen me aan te duwen. Hij had een opgeblazen gezicht en zijn kleine ogen keken over me heen terwijl hij met zijn onderbuik langs mijn heup wreef. Ik trapte een keer achteruit, zette mijn hak op zijn schoen, maar dat scheen hem alleen maar te stimuleren. Doorlopen kon ik niet en daarom besloot ik na een paar haltes uit te stappen. De buurt van Thomas. Er was nog tijd genoeg om naar het huis te gaan. De mannen van het gas en het licht zouden niet op mij gewacht hebben.

De grijze poes zat bovenaan de zoldertrap. Ze maakte lange poten en duwde haar kop tegen mijn been. 'Ken je me nog?' Ik bukte me en aaide over haar rug. Ze volgde me over de donkere overloop naar de deur. Voor ik de klopper liet vallen boog ik me opnieuw voorover en ging met mijn vingers door de losse vacht achter de kop. Toen er werd open gedaan glipte het dier snel naar binnen. Ik liep langs hem heen en bleef midden in het atelier staan.

'Heb je 't hier veranderd?' Als je na een tijd ergens terugkomt, ziet het er altijd anders uit dan je je had voorgesteld. Je weet het van tevoren. Je voelt direct al iets van teleurstelling.

'Nee. Ik heb niets veranderd. Doe je jas uit.'

'Ik blijf maar even. Ik was hier toevallig in de buurt.'

'Ik had je al eerder verwacht.' Hij hing mijn regenjas op een haak aan de deur.

'Ik heb 't druk.'

'Waarmee?'

'O, met allerlei dingen.'

'Gaat het goed?'

'Ja. We gaan verhuizen.'

'Wat! Gaan jullie daar weg?'

'We moeten wel. Het pand wordt verbouwd. Er komt een bedrijf in.'

'Waar gaan jullie naar toe?'

'Een huis in zuid.'

Hij lachte. 'Een flatje, Sepha?' Hij stond, met zijn armen over elkaar, wijdbeens voor de deur, alsof hij wilde voorkomen dat ik meteen weer weg zou gaan.

'Zoiets.'

'Waarom ga je niet zitten?' Hij wees naar de divan.

Ik ging op een stoel bij de tafel zitten en legde mijn armen op het ruwe blad vol kerven.

'Wil je mijn werk van de laatste tijd zien?'

'Ja. Laat 'ns wat zien.'

Ik ging met mijn vinger door een kerf die uitkwam in een gaatje waar een knikker in paste. Achter me was Thomas bezig met zijn doeken. Ik zou er versteld van staan. Hij had zich helemaal vernieuwd. Ik zou het niet herkennen. De poes zat ineengedoken op de divan naar me te kijken. 'Kom dan', zei ik en ik knipte met mijn vingers. Ze bewoog zich niet. Ze verwachtte zeker dat ik weer op de divan kwam liggen. Dat ze zich zoals vroeger op mijn buik kon nestelen. Soms haakte ze verwoed in mijn kleren of haalde haar nagels over mijn huid. Een keer sprong ze op de naakte rug van Thomas, die haar gewoon liet zitten. Ze deinde mee. En daarboven de gezichten van de kinderen tegen het draadglas, alleen de platgedrukte neuzen duidelijk zichtbaar. Alles gluurt en weet. Ik zie ze op straat spelen als ik de hoek om sla. Ze zijn er altijd. Het lijkt of ze nooit naar school gaan. Wanneer ik vlakbij ben, zijn ze plotseling verdwenen, in een portiek. Ik hoor ze giechelen. 'Daar is ze!' Ik draag een rood bloesje dat ik zelf gemaakt heb van een dunne stof. Het heeft een diepe punthals. Als ik 's avonds thuiskom zit Mark op me te wachten. Hij vraagt me uit.

'Voor wie draag je dat hoerige bloesje, zeg op.' Hij scheurt het van mijn lichaam en gooit de flarden uit het keukenraam. Hij slaat me op mijn borsten met zijn vlakke hand, duwt me tegen de muur, trekt me weer naar zich toe. 'Zeg op!' Ik vertel het hem. 'Je wilt de boel kapot maken. Moeten we dan zo maar door blijven gaan?'

'Wie is er mee begonnen?'

'Ja, ik, ik ben er mee begonnen, ik. En dat is voor jou een reden om me continu te belazeren. Maar ga dan weg, als je het niet verkroppen kunt, ga weg!'

We staan bij het aanrecht. Hij heeft mijn beha ook stukgetrokken en ik houd mijn armen gekruist over mijn borsten, die gloeien van zijn slagen. Hij is rood tot zijn boord, er staan zweetdruppels op zijn voorhoofd, zijn das zit scheef. Hij geeft me weer een duw. Ik voel de koude stenen rand van het aanrecht tegen mijn rug.

'Het leek allemaal zo mooi toen we uit het zuiden kwamen. In het begin, ja. Maar het duurde je weer te lang, hè? Je moest weer met allerlei kerels naar bed.'

'Nee, zo is het niet, ik wou...'

'Met Karel heb je ook iets gehad. Jawel. Dacht je dat ik die dingen niet merk? Met hem en met die vent in Collioure en met wie niet?'

'Met Karel was het alleen maar...'

'Bespaar me je verklaringen alsjeblieft. Je hebt 't gedaan. Maar ik neem 't niet meer. Ik verdom 't.'

Ik draaide me om. Thomas had zijn doeken langs de muren gezet.

'Hoe vind je 't?'

De grote kleurvlakken staken scherp af tegen de grauw geworden kalk.

'Daar moet je gaan staan.' Hij wees naar de deur.

'Je hebt niet stilgezeten.' Ik keek van het ene doek naar het andere en ze vloeiden in elkaar over, de harde kleuren, de grillige, ritmische patronen, de zware vegen van het paletmes, het was één schilderij, gemaakt door iemand die goed met verf overweg kon, maar die net zo goed een machine in elkaar had kunnen zetten, een kast had kunnen timmeren, of een schoorsteen metselen. Het riep niets op. Ik mompelde goedkeurende woorden en zei dat ik erg verrast was. Ik had ook eens zin gehad om te gaan schilderen. Als kind kon ik vrij goed tekenen. 'Dat wordt nog wel eens wat', zei mijn moeder. Ik was net zeventien toen de oorlog uitbrak. Ik had veel energie, ik dacht dat ik alles kon. Mijn ouders wilden graag dat ik naar de academie ging. Maar het werd speelgoedauto's schilderen met hardblauwe verf. Het hout zat vol kwasten en was zo slecht gelijmd, dat de helft van de partij uit elkaar viel. 'Als je nog eens wat hebt', zei Mark tegen de vriend die ons dit soort opdrachten bezorgde. Het werd franje maken aan sjaals, door de randen uit te rafelen. De moeilijkheid was te voorkomen dat de oorlogsstof uitsluitend franje werd. Ik mocht gevlochten hengsels zetten aan tassen van papiertouw, en houten poederdozen vernissen waarop iemand anders heel primitief bloemetjes had geschilderd.

'Denk je dat ik genoeg heb voor een expositie?' Hij kwam met nog meer aandragen.

'O ja, beslist.'

'Heb ik me vernieuwd of niet?' Hij zette de doeken om me heen alsof hij me in wilde sluiten.

'Het is totaal anders. Erg goed.' Ik keek naar het glazen dak. 'Het is droog, geloof ik. Ik moet weer gaan.'

'Nu al?'

'Ik kwam maar even langs.'

'Schuilen.'

Zijn hemd stond aan de hals open. Het bovenste knoopje was er af, er stak alleen een draadje uit. Zijn manchester broek met de riem hing laag op zijn heupen. Ik kende de manier waarop hij met een ruk zijn hemd losmaakte, zijn riem op de grond liet vallen. Zijn kleren op een hoop, de mijne ernaast en dan de divan en de gezichten boven ons van de kinderen die riepen: 'Ze doen 't weer.'

Er is geen verschil. Ik erger me aan Gilbert omdat hij onbedaarlijk moet lachen als ik hem zeg dat Mark komt. De quelle marque? roept hij en 'Pas un marquemal, j'espère.' We lopen op de pier van Banyuls, het stormt, de wind waait mijn rok op en hij lacht harder en helpt de wind een handje. Wat zoek ik bij hen. Ze willen altijd hetzelfde, ze zijn altijd bezig met kleren, uit en aan en weer uit en weer aan, net zo lang tot hun eendere handelingen me de keel uithangen, omdat ik steeds iets anders verwacht, andere gebaren, andere woorden, andere gewaarwordingen. Ik trok mijn regenjas aan. De poes sprong van het bed en liep mee naar de deur. Ik voelde haar opgeheven staart langs mijn been strijken.

Achter alle ramen hingen dezelfde witte glasgordijnen. Ze zagen er uit of ze nieuw waren, of pas gewassen. Een paar maanden geleden hadden achter de bovenramen nog korte, gerimpelde stroken gehangen. Er waren ook planten bij gekomen, geraniums en een sanseviëria. Ik was er eerst langs gelopen, van af de bloemenwinkel op de hoek, en stond nu aan de overkant in een portiek. Waarom keek ik? Wat verwachtte ik te zien, al de keren dat ik daar had staan kijken? Wat ik aan het huis ontdekte waren juist dingen die ik niet wilde zien. Er kwam een bakker de straat in. Hij hield een paar meter van mij vandaan stil, deed de klep van zijn kar open en zette hem vast met een scharnierende metalen stang. Ik rook de geur

van vers brood. Ik zag de stapels broden, de kadet-
jes, rollen beschuit en verkadekoeken. De bakker
nam me op voor hij aan een van de huizen aanbelde.
Ik keek de straat af alsof ik op iemand stond te
wachten. Achter de deur in de portiek hoorde ik een
stem die iets riep, een hoge vrouwenstem, die het
huis vulde, levend maakte.
– Aan de kapstok hangt een lichte gabardine regenjas waarvan de ceintuur bijna de grond raakt. De
radio staat aan. De B.B.C. Het orkest van Roy
Fox.
'Mijn zusje Sepha', zegt Ellen. Ze rookt een sigaret
met een goud mondstuk. Naast haar op de divan zit
een zwaargebouwde jongen. Hij heeft donker kroes-
haar. Hij steekt zijn hand op bij wijze van groet. Ze
zijn kennelijk wat uit elkaar gaan zitten toen ze me
binnen hoorden komen.
'De ouwelui zeker niet thuis.'
'Moeder komt zo', zegt mijn zuster. 'Heb je veel
huiswerk?' Ze slaat haar benen over elkaar en mikt
de as van haar sigaret in de asbak die op het tafeltje
naast de divan staat.
Ik haal mijn schouders op, ga naar de kast, neem wat
koekjes uit de trommel en laat hen alleen. In de gang
eet ik de koekjes op en loop naar de serre. Er ligt een
blauw breiwerk van mijn moeder op een rieten stoel.
De bol is onder de plantenbak gerold. Ik laat hem
liggen. 'Het serreameublement voldoet nog steeds',
zegt mijn vader af en toe – een vast grapje. Hij heeft
het, compleet met plantenbak en naaitafeltje, voor
een zacht prijsje gekocht van meneer de Hond, een
kleine, gezette man met een puntbaardje, die roerend
goed verhandelt in een gesloten huis. Het ameuble-
ment komt hij op een dag aanbieden alsof hij ons de

buitenkans van ons leven bezorgt. Als het niet voldoet kunt u het altijd retourneren. Op het fornuis in de keuken staat een pan met twee asbestplaatjes er onder. Ik neem het deksel er af. Een groot stuk vlees ligt te sudderen. Het ruikt naar uien en tomaten. Ik neem een appel van de schaal en ga naar boven. De zoveelste vriend. Ik begrijp niet dat mijn ouders het goedvinden dat ze die jongens mee naar huis neemt. De deur van de slaapkamer van mijn ouders staat open. Onder het bed zie ik de pantoffels van mijn vader, bruine wollen pantoffels met platgetrapte hielen. Aan de muur hangt een kalender met een gele rand. Bovenaan staat in dikke zwarte letters het jaartal: 5697. In mijn kamer ga ik voor het raam staan en bijt in mijn appel. –

De bakker liep naar de kar terug, legde twee broden en een rol beschuit in zijn mand en ging naar het volgende huis. Weer keek hij naar me, nu langer. Ik trok me verder terug in de portiek en staarde voor me uit.

De tochtdeur met het matglas beweegt heen en weer als je de voordeur opendoet. Het klikkende geluid van het snapslot. In de vestibule kun je zien of er veel jassen aan de kapstok hangen. Ze vormen een donkere vlek achter het glas. De marmeren halvloer is bij de trap iets verzakt. Omdat de scherpe richel zichtbaar werd in de loper, heeft mijn moeder daar een dik stuk karton gelegd.

Meneer de Hond is een jaar voor de oorlog gestorven. Mijn vader gaat in zijn zwarte pak en met zijn hoge zijden hoed op naar de begrafenis. Het serre-ameublement blijft voldoen, het riet wordt alleen iets donkerder, en van een van de stoelen laat het vlechtwerk op de leuningen los. Mijn vader slaat er twee koperen nageltjes in. 'Je moet het bijhouden', zegt hij.

De bakker rekende af met iemand. Een vrouw in een groene jurk. De rol beschuit bleef in de mand liggen. Wat moest ik hier. Wat deed ik in deze straat waar ik als een voyeur naar een huis stond te kijken.

Een huis als alle anderen in de rij. Ik liep door de lege vertrekken. Het rook er naar verf en nieuw hout. Iedere stap die ik deed klonk hol, klonk dubbel, of iemand achter me gelijke tred met me hield. Misschien was Yona hier. Ze wist dat ik hier naar toe zou gaan. Ze hield zich ergens verborgen om me te bespieden, om te zien hoe ik hier rondliep. Ze zou plotseling te voorschijn komen en zeggen: zie je wel, Sepha, dit huis is het ook niet. Het heeft geen zin ergens anders te gaan wonen zolang je al je bagage met je mee blijft dragen, bagage waar geen enkele kast voor is. Of had ze dat al eens gezegd? Zoiets pathetisch kon alleen van haar komen.

Ik doorzocht het huis, maar er was niemand. Ik maakte kasten open, zag de lege planken, de gasmeter, de electrameter, rode leidingen. Ik draaide aan kranen, liet het water spatten, hoorde het door de buizen stromen. Ik zette ze nog verder open en bracht iets op gang, een transfusie die het huis toegediend moest worden wilde het tot leven komen. Ik opende ramen, voor en achter. Een deur sloeg door de tocht met een klap dicht. Een leeg verfblik rolde van een vensterbank. Ik ging alles na. Vloeren waarop houtsplinters en stofpluizen opgehoopt lagen, drempels en kozijnen waarvan de verf nog plakte, de sloten van de deuren, de lichtknoppen, de trekker van de wc. Er was niets dat haperde, niets dat ons tegen kon houden of waardoor de verhuizing moest worden uitgesteld.

– We krijgen bezoek van een lange schrale man met dun haar dat in repen over zijn schedel ligt. Hij haalt een duimstok uit zijn achterzak en klopt er mee op de muren, op de zwakke plekken. De kalk stuift in het rond. De keuken bekijkt hij van uit de gang. Het duurt maar twee tellen. Hij knikt. 'Ik heb 't al gezien', zegt hij. 'Het gaat allemaal weg. De hele zwik wordt uitgebroken.' Hij laat ons formulieren zien waarin staat dat het pand verkocht is aan iemand die er een bedrijf in gaat vestigen. 'Over twee maanden moeten we het leeg opleveren.'

Wanneer hij naar beneden loopt horen we hem op de muren van het trappenhuis kloppen. De buitendeur klemt. Hij krijgt hem pas na een paar keer trekken dicht. Ik ga de kalk opvegen en stof de tafel en de stoelen af.

'Ik heb het zien aankomen', zegt Mark. 'Dit is echt een pand voor een bedrijf.'

'Hoe komen we aan iets anders?'

'Ik zal het via de krant proberen.'

'Toch jammer dat we er uit moeten.'

'Vind je 't nou ineens jammer?'

'Ik ben gehecht aan de buurt.'

'Nou ja, de buurt... Maar ik heb je ik weet niet hoe dikwijls horen zeggen dat je hier weg wou, dat je genoeg had van dit kot.'

Soms haat ik het. De gore muren waar de kalk uitvalt, de gaten in de vloer, de ramen die niet goed sluiten, de rommelige keuken waarin ik geen orde kan houden omdat we in de hongerwinter de kastjes hebben opgestookt, zodat er geen plaats is voor het vaatwerk en de levensmiddelen. De avonden dat ik

wacht op Mark, de nachten dat ik alleen ben, lig te luisteren, uit bed ga, naar buiten kijk, naar de schuit waar nog licht brandt, naar de vrouw die altijd iemand bij zich heeft. Ze staat bij de melkboer als ik mijn boodschappen doe. Ze legt een ris boterbonnen op de toonbank. Haar wijde blauwe mantel hangt ver open, hoewel het koud is. De melkboer, een kleine man met een koloog, die altijd een pet op heeft, gluurt naar haar borsten, puntig in de te strakke jurk. Hij noemt haar 'madam'. Hij heeft me eens verteld dat ze een Belgische is. Maar ze praat plat amsterdams. Ze groet me zoals buren elkaar groeten en informeert hoe het met mijn man gaat. 'Hij neemt altijd zo keurig z'n hoed voor me af', zegt ze. 'Dat maken wij ook niet iedere dag mee.' Mark draagt geen hoed, maar ze ziet ook zoveel mannen. –
Met mijn nagelvijl begon ik de verfspatten van een van de ramen te krabben. Bij de vluchtheuvel schuin tegenover het huis stopte een tram. De mensen die uitstapten staken haastig de straat over en sloegen tegelijk de hoek om, alsof ze bij elkaar hoorden. Een eindje voorbij de hoek is de grafstenenhandel. Ik kom er langs met mijn vader wanneer hij sigaren gaat halen. De voortuin neemt zoveel ruimte in beslag dat je op de stoep maar net met zijn tweeën kunt passeren. Achteraan staan de grote formaten, met smeedijzeren kettingen en kruisen van graniet. Op een steen van wit marmer zijn de woorden 'hij ruste in vrede' uitgebeiteld, de letters met zwart ingevuld. Ik loop er vlug voorbij en ga mijn vader voor naar de donkere winkel. Als de deur achter ons dichtvalt staan we in een prikkelende lucht van tabak. Terwijl mijn vader praat met de winkelierster kijk ik in het gasvlammetje waar hij zijn sigaar bij

houdt. De blauw-gele tong flakkert. Ik kijk er zo lang naar dat ik hem blijf zien op de kistjes en dozen, op een reclameplaat voor Christo Cassimis en op het gezicht van de vrouw, die met haar armen over elkaar tegen de toonbank leunt. Jaren daarna kom ik er terug. Ik koop een pakje sigaretten. De vrouw is dikker geworden. Verder is er niets veranderd. Op de koperen stang brandt het vlammetje. In de tuin ernaast staan de grafstenen of niemand ze in al die tijd nodig heeft gehad.

Aan de overkant zag ik een vrouw op dezelfde hoogte als ik. Ze hield het gordijn wat opzij en keek of ze ergens van geschrokken was. Ze had een smal, wit gezicht. Zwart haar. Even later was ze weg en ik wist niet meer voor welk raam ik haar gezien had.

Kinderen hingen over de leuning van de brug en gooiden proppen papier in het water. Een meisje was aan het touwtjespringen. Het touw raakte even mijn schouder. De klok van de Zuiderkerk sloeg het halve uur, half zes, Mark kon al thuis zijn. Maar achter de ramen bewoog niets. Hij stond nooit op de uitkijk zoals ik.

– Toen ik daarnet aan kwam lopen zag ik je hoofd', zegt hij. 'Wat deed je?'

'Ik zat voor het raam.'

'Als ik thuis ben zit je daar nooit.'

'Ik kan 't toch moeilijk doen als je thuis bent.'

'Aardige bijverdienste.'

'Daar zit ik te hoog voor.'

'Ze moeten het dus weten.'

'Jij bij voorbeeld.'

'Maar dan wil ik nu ook meteen.'

Het ontstaat vanzelf. En we vinden telkens iets anders. We spelen ook dat we elkaar pas kennen, dat we elkaar ontmoet hebben in de trein, tussen Parijs en Brussel. De hete zomer maakt het ons gemakkelijk. We gooien kussens op de grond en liggen naakt voor het open raam. En terwijl beneden ons vrachtauto's lossen, opstoppingen ontstaan, claxons loeien en aan de overkant de ambtenaren zitten te cijferen, gaan mijn handen over zijn gloeiende rug en voel ik de indrukken van de kokosmat op zijn harde billen als ik hem tegen me aan duw. Maar soms, na een omhelzing, denk ik dat het niet lang kan duren en ik krijg hetzelfde voorgevoel dat ik heb in de trein terug, Collioure uren achter ons, Toulouse voorbij, ondoordringbaar als alle steden waar je langs reist – er worden meisjes verhandeld, winkeliers neergestoken, gevluchte legionairs opgewacht – en Amsterdam nog bijna een etmaal van ons vandaan; ik probeer aldoor de gedachte te verdringen dat we uit moeten stappen, over een perron moeten lopen, met mensen die duwen en mensen die tussen ons komen, zodat we weer moeite zullen hebben bij elkaar te blijven.

Toen ik de trap op kwam stond Mark aan de deur. 'Ben je daar eindelijk? Waar zat je toch? Ik heb je vanmiddag wel een keer of vijf gebeld.'
'Is er dan iets?'
Ik probeerde na te gaan waar ik geweest was en op welke tijdstippen, als iemand die een alibi zoekt. Het ochtendblad lag nog uitgespreid op tafel naast de kopjes waaruit we koffie hadden gedronken. De stoel die Yona verschoven had. Ik ging er in zitten. Ik had op een plein staan kijken naar twee mannen die op het dak van een hoog gebouw bezig waren

met planken en touwen. Ik had op een brug een boot onder me zien verdwijnen en aan de andere kant weer onder me te voorschijn zien komen. Aan het eind van de gracht was een kerktoren. De klok stond op vijf voor vier. – Over vijf minuten gaat de school uit. Ik wacht op mijn zuster die al in de zesde zit.

'Loop jij maar vast vooruit', zegt ze. 'Ik ga met Rudy mee.'

Maar ik blijf achter hen lopen. Ze zwaait met haar schooltas, geeft de jongen af en toe een duw, lacht met hoge uithalen. De jongen draagt geruite sport-kousen. Zijn knieën steken er bultig bovenuit.

'Jouw zuster loopt met jongens', fluistert het meisje dat naast me in de bank zit. 'Loop jij ze achterna om te zien wat ze doen?'

Ik haal mijn schouders op. 'Ik moet van mijn moeder met haar mee uit school komen', zeg ik.

'Wat doen ze, zeg, wat doen ze?' Het kind buigt zich grinnikend naar me over. Ze mist een paar voortan-den en haar gebolde tong steekt door het gat.

'Weet ik 't. Niks.' –

Ik had nog later thuis kunnen komen, tot de avond kunnen wachten. Terugkeren in een donkere straat, een donker trappenhuis, een schemerige kamer. Het donker zorgt voor rustpunten, plekken om op adem te komen, om half onzichtbaar te zijn. En ik voelde me in de stoel al te duidelijk aanwezig.

'Wil je iets drinken, sherry of een borrel?'

'Geef me maar een borrel.' Ik had vergeten bood-schappen te doen. Er was niet veel in huis. En Yona kon komen eten. Als ik vlug was haalde ik het nog net voor zessen. Ik bleef zitten. Mark schoof een tafeltje bij, zette de glaasjes er op en schonk in. Hij deed het zorgvuldig. Hij scheen er al zijn aandacht voor nodig te hebben.

Wat had ik te zeggen. Ik was even bij Thomas geweest. Waarom wist ik niet eens. Ik was naar het oude huis gegaan, met de tram, en betrapt door de bakker. Daarna naar het nieuwe huis. Ik was terug komen lopen, en hier en daar stil blijven staan, om te kijken. Een paar keer had ik het gevoel gekregen dat ik iets had vergeten te doen, dat ik nog ergens zijn moest. Maar het had me niet te binnen willen schieten.

'Doe je je regenjas niet uit?'

'Ja, dat is waar.' Ik hing hem over een stoel.

'Je ziet er uit of je de hele dag in de regen hebt gelopen. Heb je 't koud?'

'Een beetje.'

Hij ging de kachel opporren, zette de stoel met mijn jas er bij en trok mijn stoel er ook naar toe. 'Waarom doe je 't?'

'Ik loop graag in de regen.'

'Ben je in het huis geweest?'

'Ja. Die mannen heb ik niet meer getroffen. Ik was te laat.'

'En je zou er bijtijds naar toe gaan.'

'Ik heb je toch gebeld om te zeggen dat Yona me opgehouden had.'

'Wat kwam ze zo vroeg doen?'

'Praten. Ze zat weer eens ergens mee.'

'Wat was er dan met haar?'

'Waarom interesseer je je ineens zo voor Yona?'

'Ik mag toch wel vragen wat er met haar aan de hand was.'

'Ach, er is altijd wel iets met haar. Ze had weer een van haar depressieve buien.'

'Wanneer heb je haar eigenlijk leren kennen?'

'Bijna vijf jaar geleden. Reken maar uit. Toen ik terug kwam liften uit Friesland.'

'Ik heb wel eens gedacht: jullie konden familie zijn. Vind je dat gek?'

'Nogal. Lijken we dan op elkaar?'

'Nee, helemaal niet. En toch...'

'Je hebt mensen die denken dat alle joden familie van elkaar zijn.'

'Zo bedoel ik het niet.'

'O, bent u geen familie van mevrouw Cohen? U lijkt sprekend op haar, daarom dacht ik het.' Ze durven niet te vragen: 'Bent u een jodin, net als mevrouw Cohen?' Israëliet hoor je niet veel meer, 't is ook een te moeilijk woord, al kun je er de zaak mooi mee omzeilen. Want ze willen wel graag weten of je jood bent. Waarom? Om te kunnen denken: hij liever dan ik?'

Hij pakte zijn glas en staarde er in. Zijn gezicht stond ernstig. Hij trok zijn wenkbrauwen tegen elkaar. Ik had verwacht dat hij zou lachen, een van zijn ironische opmerkingen zou maken, waardoor het gesprek een totaal andere wending kreeg.

Ik zei, alsof we het nog steeds over Yona hadden: 'Ze mag je niet. Ze had al een hekel aan je voor ze je gezien had.'

'Jaloezie.'

'Het benauwt me soms wel.'

Hij dronk zijn glas leeg en hield het in zijn hand. De natte plekken op mijn kousen waren opgedroogd, een stijf gevoel, mijn benen gloeiden. Hij zette zijn glas voorzichtig op het tafeltje. Het gaf een korte tik. Het enige geluid in de kamer. Ik ging met mijn hand over de stoelleuning. Hij voelde ruw aan. Misschien moest ik de leuningen met schuurpapier gladwrijven

en ze opnieuw beitsen. Waarom zei hij niets? Ik vroeg:
'Wat is er gebeurd?'
Mark haalde zijn sigaretten uit zijn zak, gaf mij er een, zocht naar lucifers en streek er haastig een af. Hij nam een trek, inhaleerde diep. Op zijn voorhoofd werden de lijnen scherper. Aan zijn slapen waren al een paar grijze haren te zien. Sommige mannen worden vroeg grijs. Of kaal. Hij heeft dik haar. Als kleine jongen was hij lichtblond geweest.
'Er kwam vanmiddag een bericht op de telex. Uit Apeldoorn.'
Ik kende niemand in Apeldoorn. Nu niet meer. Ik had er een oom wonen. In de zomer gingen we er zondags op bezoek. Hij woonde in een groot huis met een uitgestrekte tuin er omheen. We zaten op witte banken kersen te eten.
'Wat voor een bericht?'
'Ik stond er toevallig bij omdat er iets over de koningskwestie in België door moest komen.'
'Zeg het dan.'
'Het ging over haar, over Yona. Haar naam stond er voluit in.' Hij boog zich voorover en drukte zijn sigaret uit op de kachelplaat. Zijn arm schoof langs mijn been. 'Ze zat in de trein naar Apeldoorn. Een paar kilometer voor het station is ze er uitgevallen.' Zijn gezicht was door het bukken rood geworden. 'Ik heb direct het politiebureau in Apeldoorn gebeld.'
'Was ze...'
'Ze was er erg aan toe...' Hij wreef over zijn voorhoofd.
'Dood?'
'Op slag dood. De trein had nog zijn volle snelheid.'

Er was as op zijn linkerbroekspijp blijven zitten, iets boven zijn knie.

'Hoe is het gebeurd?'

'Het schijnt gebeurd te zijn toen ze naar het toilet ging. Het portier daarnaast vonden ze open. Haar tas lag er nog. Ze denken dat het een ongeluk is geweest.'

'Zoals vlak na de bevrijding toen ze in het water is gevallen...'

Mark zei niets. Hij sloeg de as van zijn broek.

'Deze keer is het haar gelukt.'

'Het is niet gezegd dat het opzet was. Ze kan zich niet goed hebben gevoeld en per ongeluk op de portierkruk hebben geleund.'

'Dat heeft ze als kind ook eens gedaan. Toen kon haar vader haar nog net pakken.' Snel handelen en op het juiste moment, had hij gezegd.

'Wanneer vertelde ze je dat?'

'Een paar jaar geleden. Misschien was ze het niet van tevoren van plan. Het kan een opwelling geweest zijn. Misschien verwachtte ze dat iemand haar op het laatste moment zou vastgrijpen.'

'Ze had een retour Apeldoorn bij zich.'

'Hoe weet je dat?'

'Van de politie.'

'Wat moest ze in Apeldoorn doen? Ze kende daar niemand, voor zover ik weet. Hoe hebben ze haar geïdentificeerd?'

'Ze vonden haar paspoort en andere papieren in haar tas.'

'Was haar gezicht niet verminkt?'

Hij zweeg weer. Straks krijg ik de details te horen. Hoe het precies is gegaan. De plaats. Het uur. De plek waar ze haar gevonden hebben. De verklaringen van getuigen. De woorden die baanwachters en politiemannen en broeders van de GGD gezegd hebben boven haar hoofd, dat niet meer bewoog, dat verminkt was. Ik zie de pop voor me die ik als kind uit het raam heb laten vallen. De stenen kop slaat op de stoep kapot en is niet meer te repareren. 'We laten er wel een nieuwe kop opzetten', zegt mijn moeder.

Ik stond op en trok mijn jas aan.

'Wat ga je doen?'

'Even naar haar kamer.'

'Zal ik met je meegaan?'

'Ik ga liever alleen.'

De deur van de zolder stond op een kier. Ik had op de bel van de verdieping er onder gedrukt en nadat er was opengedaan 'dank u wel' geroepen, 'ik moet op de zolder zijn.'

'De juffrouw is er niet', riep iemand.

Er hing een benauwde lucht in het atelier, of er in geen dagen een raam open was geweest. Het divankleed lag slordig over het bed, dat niet opgemaakt was. Op de hoek van de tekentafel stond een bord met een half afgebeten boterham. Een verdorde tak in een fles op de grond bleef haken aan mijn jas terwijl ik er langs liep. Kleren lagen over stoelen. Vuile kopjes en glazen stonden overal verspreid. Een schaal met aangestoken appels. Tegen het bord op de ezel was een blank vel papier geprikt, waar mijn ogen steeds naar toe werden getrokken omdat het zo fel afstak bij de rest van het interieur. Ik nam een stuk waskrijt uit een kistje en ging er haastig mee over het papier. Het was blauw. Ik zocht naar ander blauw. Er waren diverse tinten en ik gebruikte ze

allemaal en ook weer het blauw dat ik het eerst gepakt had. Ik ging door tot er geen wit meer te zien
was. Daarna waste ik mijn handen bij de gootsteen
in de hoek. Het rook er naar vochtige aarde. In de
spiegel die er boven hing zag ik mijn gezicht ver-
tekend door de bruinachtige weren. Ze maakten
mijn neus langer, mijn ogen smaller. Ik bewoog mijn
hoofd van links naar rechts en van achter naar voren, maar de gelijkenis die ik een ogenblik had menen te bespeuren, kon ik niet meer terugvinden.
Ik liep naar de divan en drukte er op. De bulten zak-
ten in en deden weer nieuwe bulten ontstaan, alsof
het bed vol lucht zat. Ik wilde er net op gaan zitten
toen ik de schoenen zag. Ze lagen op hun kant, half
onder een kastje. Ik haalde ze er onderuit en bleef er
mee in mijn handen staan. De hakken waren scheef,
aan de enkelbanden was hier en daar het leer er af.
Ik had haar de schoenen niet vaak zien dragen. Ze
had ze twee jaar na de bevrijding gekocht in de Kalverstraat en er uren voor in de rij moeten staan. Omdat de gespen iets verzet moeten worden, kan ze de
schoenen pas de dag daarop komen halen. Die dag
staat er weer een rij. Ze gaat er langs, stapt naar binnen en komt even later met de doos onder haar arm
de winkel uit. Een rij woedende vrouwen wacht
haar op. Iemand roept: 'Die joden blijven maar bru-
taal.' Een ander: 'Vuile jodin, nou durf je weer.' En
weer een ander zegt iets over vergassen. Ze blijft
staan. Ze denkt dat ze het misschien verkeerd verstaan heeft. Ze kijkt naar een van de vrouwen, die
opnieuw begint te schelden. Een vlekkerig gezicht
boven een zwarte wollen sjaal. Ze gaat naar haar
toe. Ik moet iets doen. Ik moet slaan. Ik moet terug
naar de winkel en de bediende laten zeggen dat ik

gisteren al in de rij heb gestaan voor mijn schoenen. Ze wordt op zij geduwd. Een vrouw probeert de doos uit haar handen te rukken. Ze stompen haar, trekken aan haar kleren. Ze hoort iets scheuren, bukt zich en schiet door de rij heen een steeg in.

Ik zette de schoenen weer weg en bekeek een half-afgemaakt schilderij dat op het kastje stond, een zelf-portret in vage kleuren. Ze had het niet aangekund. Op de tekentafel vond ik een map met illustraties voor een kinderboek. Toen ik de map verschoof kwamen de foto's te voorschijn. Ze lagen er alsof ze ze snel had weggestopt, of ze bij het bekijken er van betrapt was. Ik had ze nooit van haar te zien ge-kregen. Ik dacht dat ze geen foto's meer had, dat ze alles kwijt was geraakt. Ze leek veel op haar moeder, maar dit gezicht was zachter en regelmatiger en de ogen keken met een soort kinderlijke verbazing recht in de lens. De vader had een groot, benig gezicht met een donkere rondgeknipte baard en diepliggende ogen achter een ouderwetse bril. Hij droeg een hoge boord met een breed gestrikte das. Op latere foto's zag hij er veel jonger uit, in een modieus pak, de baard kort bijgeschoren en met steeds dezelfde on-bekommerde glimlach. En Yona. Een schoolkind in een gebreide jurk tussen haar ouders op een canapé, haar hand in de hand van haar vader, naast hen een tafeltje met een gedecoreerde vaas. Een uit de krach-ten gegroeide Yona met lange vlechten en afzakken-de halve kousen. De kin werd agressiever. Naast een jongen in plusfours tegen een brugleuning. En nog eens de jongen, aan een tafel vol boeken en schriften, de mouwen van zijn overhemd opgerold, een vulpen in zijn hand. 'Leo, zomer 1936' stond er achterop. Hij had blond golfjeshaar. Yona in badpak, mager en bruin aan een strand. Kaarsrecht, bijna plechtig, op de stoep van een huis. Hier was het huis. De stoep met de balusters leek op die van het huis naast ons. Maar de foto was onduidelijk door een waaiervormige witte vlek die rechts van Yona naar boven liep, alsof er licht bij was gekomen. Het kon net zo goed ergens anders zijn. Er waren honderden van zulke stoepen langs de grachten. Ik was blij dat ik niet wist waar ze gewoond had, en ik zou geen pogingen doen het te weten te komen.

Ik begon de foto's op een rij te leggen, zoveel mogelijk in chronologische volgorde, zodat ik haar steeds ouder zag worden. Daarna keek ik naar het zelfportret. Er was geen enkele overeenkomst. Maar het werd ook al te donker om het goed te kunnen zien. Ik trok de la van het kastje open en vond onder een stapel papieren een dik cahier. Ik nam het er uit. Er zat een harde bruine kaft om. Op het etiket stond een grote Y met een davidster er omheen. De Y was met zwarte inkt getekend, de ster met potlood. Misschien was het een dagboek. Ze kon er gisteren nog in geschreven hebben, vanmorgen. Eindelijk zou ik te weten kunnen komen wat er in haar was omgegaan, wat voor bedoelingen ze gehad had toen ze hier wegging. Maar ik sloeg het cahier niet open. Ik legde het terug onder de papieren en sloot de la.

Wat had ze van me verwacht toen ze vanmorgen bij me kwam? Had ik haar geen kans gegeven te zeggen wat ze wilde zeggen? Had ze me, voor de zoveelste keer, willen laten voelen dat ik net zo min vrij was van schuld?

Ik liep naar het raam. Bij een van de bomen was een jongen bezig met de dynamo van zijn fiets. Hij liet zijn voorwiel draaien en keek of de lamp het deed.

Fluitend stapte hij op. Zijn achterlicht brandde niet. Een man duwde, ver voorovergebogen, een handkar tegen de hoge brug op. In de hoek tussen brugmuur en kade was vuil bijeen gedreven, een bruine papperige laag. Ik had haar eens gevraagd of ze kon zwemmen. 'Ja, ik kan me in ieder geval boven houden', zei ze. 'Tot een diploma heb ik het nooit gebracht.' Tot wat dan wel. Tot dit? En wie kon zeggen of ze dit gewild had. Handelingen gaan soms de wil vooruit. Eerder dan je het wilt, heb je iets gedaan dat onherroepelijk is.

Op de zolder was het nu zo donker dat ik achteraan niets meer kon onderscheiden. Ik hoorde iemand de trap opkomen. Gestommel. De deur kraakte. Het was Mark. Hij stond in het licht van het portaal.

'Wat is het hier donker. Wat doe je? Heb je iets gevonden?'

'Nee, niets.'

'Is hier geen licht?'

'Jawel.'

'Waar zit het knopje?'

'Laat maar. Het hoeft niet meer aan.'

'Kom je? Ga je mee naar huis?

'Ja. Ik ga mee.'

Ik nam de sleutel aan de binnenkant uit het slot, sloot de deur af en stak de sleutel in mijn zak.

Terwijl we de brug over liepen keek ik naar de zolderramen. Twee glimmende vlakken onder de vuilwitte daklijst. Ik bleef staan, omdat het luik tussen de ramen me ontgaan was, een zwart luik met een hijsbalk er boven. Maar ik werd omgedraaid door Mark. Met zijn arm om mijn schouders trok hij me mee, een zijstraat in, die donker was en waar op dat ogenblik de lantarens aangingen.